"나, 황재석 180센티미터의 큰 덩치 하나로 폭력서클에 들어갔다.
메이커 운동화 하나 없어도 비싼 옷 하나 걸치지 않아도
아빠가 없는 것도 어두운 반지하방에서 사는 것도
그곳에서는 창피하지 않았다.
그리고 주먹의 힘을 키웠다. 공부보다 싸움이 좋았다.
주먹만 있으면 모든 게 가능했다."

까칠한 재석이가 사라졌다

고정욱 지음

애플북스

《까칠한 재석이가 사라졌다》 개정판 출간을 맞이하여

〈까칠한 재석이〉 시리즈의 첫 책인 《까칠한 재석이가 사라졌다》가 나온 뒤 10년도 넘는 세월이 지났습니다. '재석'이라는 아이는 운명처럼 나에게 다가왔습니다. 출판사가 청소년을 위한 자기계발서를 써달라고 의뢰를 했는데 나는 소설로 쓰겠다고 답했습니다. 우연한 선택이 놀라운 결과를 맞이했습니다. 역시 스토리는 힘에 셉니다. 그 무엇도 스토리를 이길 수 없습니다.

당시 유행하던 학교 폭력과 일진 문화, 그리고 꿈을 잃고 반항하는 청소년에게 새로운 꿈과 희망을 전해주고 싶은 마음이었습니다. 등장하는 음성서클 스톤과 셀의 이름은 내가 다녔던 고등학교 때 실재로 존재했던 것입니다. 물론 지금은 다 없어졌습니다. 시대가 변한 겁니다.

시간이 흐르면서 나빠지는 것도 있지만 좋아지는 것도 있습니다. 변하지 않는 사실은 청소년들은 성장한다는 것입니다. 재석이가 성장하듯 책을 읽는 독자도 성장합니다. 어른이 할 일은 기다려주는 일뿐입니다. 더불어 그들이 올바른 길로 갈 수 있도록 어려움에 처했을 때 도와주고 모범을 보여주는 것이 어른의 의무입니다.

꿈을 잃고 주먹이나 쓰던 재석이가 놀랍게 변화하는 이야기는 바로 이 작품에서 시작됩니다. 우정을 통해 멘토링을 양분삼아 성장하는 이야기는 여전히 우리 청소년에게 유효합니다. 오랜 시간 동안 〈까칠한 재석이〉 시리즈를 사랑해주셔서 감사드리며, 더 좋은 작품으로 어린이와 청소년의 황량한 마음에 촉촉한 단비가 될 것을 약속합니다.

2022. 3. 25

팬데믹의 끝을 기대하며

고정욱

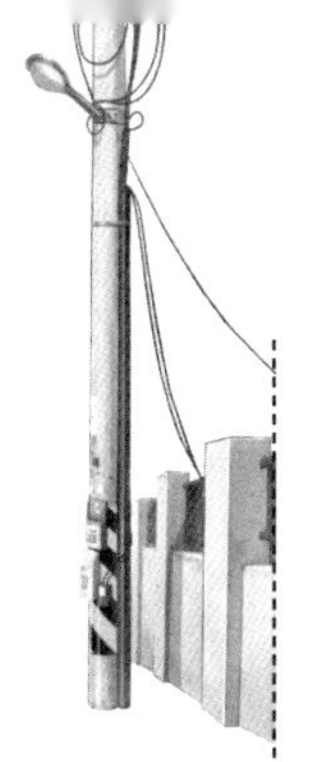

차례

지금까지의 나를 떠나보내야 한다

-처음으로 청소년 독자들을 만나며

고등학교 때 막연히, 그야말로 아무 근거 없이 목표만 거창하게 띄워놓고 대충 살았다. 내가 장애인이니 의사가 되어 병마로 고통받는 이들을 치료할 수 있으면 좋겠다는 부모님의 말씀을 비판 없이 따른 것이다. 그러던 어느 날 내 삶에 큰 충격이 찾아왔다. 장애인은 의대에 지원조차 되지 않는 거였다. 아니, 공대라든가 자연계 학과 어느 곳에서도 1급 장애인 학생은 받아주지 않았다. 청천벽력이었다. 그때까지의 모든 삶이 물거품이 될 지경이었다.

살아남기 위해 나는 하루아침에 모든 걸 버려야 했다. 물리, 화학, 생물 등의 교과서에서부터 이과적인 사고방식과 삶의 태도까지……. 문과로 진로를 바꿔 새로운 과목을 다급하게 공부해야 했고, 그동안의 게으름을 버리고 삶을 추슬러야만 했다.

다행히 팔자에도 없던 국문과에 간신히 합격해 지금은 작가가 되어 독자들을 만나고 있으니 놀라운 변신이다.

작가가 되어 각 급 학교에 강연을 하러 다닌다. 그렇게 만나는 요즘 청소년들을 보면 과거의 내 모습과 비교도 할 수 없게 성숙하고 키도 크며 똑똑하다는 걸 알 수 있다. 그러나 꿈이 없는 친구들이 의외로 많다는 건 충격이었다. 자신이 뭘 해야 할지 모르는 채 어른들이 정해놓은 틀 속에서 등 떠밀려 가고 있는 무기력한 청소년들을 만나면 안타깝기 그지없다.

청소년들에게는 무한한 성공의 유전자가 터질 듯 들어차 있다. 그 에너지를 올바른 방향으로, 삶을 좀 더 멋지게 만드는 데에 쏟을 수만 있다면 얼마나 좋을까.

이 소설은 바로 그런 염원에서 쓴 것이다. 어른들의 세상은 비록 형편없고 문제가 많더라도, 우리 청소년들은 삶에 대한 진지한 열정과 바른 습관으로 어른들보다 더 크게 성장해야 한다. 지금까지의 삶을 되돌아보고 진실로 이루고픈 꿈을 찾아 거기에 맞게 변화하는 자세만 갖추면 가능하다. 1급 장애인인 나도 했으니까.

더욱 놀라운 사실은 이런 삶의 변화가 거창한 것에서부터 시작되지 않는다는 점이다. 작은 변화가 큰 변화로 이어지고 큰 결실을 맺는다. 내가 과거에 그랬듯 습관을 고치고, 태도를 바꾸면 누구나 얼마든지 가능하다.

청소년들에게 재미있는 이야기를 써주고 싶다는 생각은 그전부터 했었다. 그러나 단순히 나의 과거를 돌아보는 고리타분한 것이어서는 안 되었다. 그건 아빠엄마 어릴 적에 어땠다는 이야기의 또 다른 버전일 뿐이다. 그렇다고 누구나 손쉽게 깨달아 행복을 찾는다는 식의 어설픈 성장소설로 청소년들을 가르치고 싶지도 않았다. 각성과 실천은 정말 고통스러운 것이기 때문이다.

목표했던 것은 지금 이 순간 청소년으로 살아가는 친구들의 삶과 고민을 그들의 목소리로 들려주는 것이었다. 그들도 자신의 삶을 누구보다 더 진지하게 고민하고 있음을 잘 알기 때문이다. 그런 내 의도가 이 작품에서 잘 전달되었는지는 알 수 없다. 많은 청소년의 질타가 있었으면 한다.

참고로 순탄히 의대에 진학해 의사가 된 나의 친구들은 지금 오히려 나를 부러워한다는 사실을 말해두고 싶다. 여전히 나는 작가라는 사실이 행복하다. 나에겐 최선의 선택이었고 멋진 변신이었으니까.

2009년 새봄에

삼각산 기슭에서 고정욱

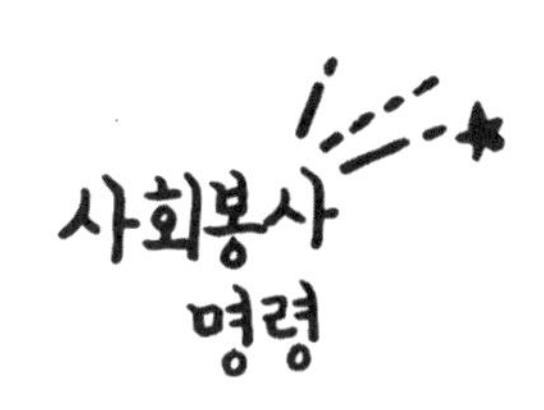

사회봉사 명령

대성역에서부터 급할 것 없이 천천히 걸어온 재석의 눈앞을 화영노인복지관 건물이 가로막고 섰다.

인생은 70부터! 청춘은 80부터!

복지관 정문 위에 붙어 수수러지고 있는 현수막이었다.

"노인들이 새롭게 태어난다고? 놀구 있네."

재석은 이빨 사이로 침을 한 번 내쏘았다. 손목시계는 9시 40분을 가리켰다. 길거리에는 출근시간이 지나서인지 급하게 오가는 사람들이 별로 없었다.

스산한 가을바람은 사람의 마음까지도 울적하게 만들었다. 아직 문을 열지 않은 복지관 옆 허름한 상가 계단 앞에 재석은 쭈그리고 앉았다.

강남이어서인지 고급스러운 외제차가 눈에 많이 띄었다. 안 그래도 자동차에 관심 많은 재석은 눈을 반짝였다.

'외제차가 완전 소풍 나와 있군.'

관자놀이를 덮을 정도로 무성한 구레나룻과 짙은 숯검정 눈썹은, 180센티미터가 넘는 재석의 큰 덩치에 고르게 발달한 근육과 잘 어울렸다. 드라마의 주인공으로 바로 캐스팅해 액션 연기를 시켜도 흠잡을 데 없을 정도였다. 다만 얼굴 여기저기 솟아오른 여드름이 흠이라면 흠이었다.

재석은 아직 오지 않은 민성을 기다리며 담배를 피워 물었다. 훅 하고 내뿜자 하얀 연기가 허공에서 갈가리 흩어져 사라졌다. 아침을 안 먹어서인지 빈속에 들어간 담배 연기는 머리를 띵하게 만들었다.

재석은 사회봉사 명령을 받아 이곳까지 오게 된 자신의 처지가 한심했다. 솔직히 봉사가 끝날 때까지 잘 버텨낼 자신도 없었다. 하지만 그럴수록 아무 생각 없이 머리를 비우고 시간만 때울 작정을 했다. 같은 다세대주택 202호에 사는 봉식이 형이 해병대에 입대할 때 한 말이 생각났다.

"야, 조빵이를 쳐도 국방부 시계는 돌아간다고 했어. 시간은 어떻게 해서든 가기 마련이야."

다 피운 담배를 운동화 바닥으로 비벼 끈 뒤 재석은 머리를 긁적였다. 감지 않은 머리에서 기름기가 묻어 손톱 끝이 번질거렸다. 코에 대고 냄새를 맡으니 시큼한 머리 냄새가 코를 찔렀다.

"야, 황재석. 너 보름간 사회봉사다."

담임인 김정일이 말했다. 파마한 것 같은 고수머리에 얼굴이 동그래서 붙은 별명이었다.

"네?"

"교장선생님께서 너랑 7반 민성한테 사회봉사 명령 내리셨다."

하늘이 무너지는 기분이었다. 그저 근신 정도나 받을 줄 알았는데 생각지도 못했던 엄중한 처벌이었던 것이다.

"사, 사회봉사가 뭐 하는……?"

"몰라서 묻냐, 임마. 복지시설 같은 곳에 가서 새빠지게 봉사하는 거지."

"아니, 제가 뭘 잘못……?"

재석은 김정일 같은 선생이나 어른 앞에서는 말꼬리를 흐리는 버릇이 있었다. 자신감이 없다는 증거였다.

"글쎄, 나도 사회봉사 명령은 좀 심한 거 아니냐고 말하려다가 말았다. 너는 정신 좀 차릴 필요가 있으니까."

아이들 사이에서 김정일은 시키는 건 고분고분히 듣고 시키지 않는 일은 땅바닥에 착 엎드려 안 하는 선생이라는 소문이 돌았다. 선생도 공무원이라서 그런 식으로 산다고 토를 다는 녀석도 있었다.

하지만 자기 반 아이들을 어느 정도 보호해야 할 의무는 담임에게 있는 게 아닌가 하는 생각에 재석은 어이가 없었다. 그런 기준에 비춰보면 김정일의 태도는 학생들의 신뢰를 얻는 것과는 거리가 멀어도 한참 멀었다.

"다음 주부터 학교 말고 이곳에 가서 권 선생을 만나 보라고 하시더라."

김정일은 종이 한 장을 내밀었다. 사회봉사 할 노인복지관의 약도와 담당자 권미영이라는 이름이 적혀 있었다. 이미 이 일은 그의 손을 떠난 것 같았다. 재석은 말없이 자리에 앉아만 있었다.

1교시가 끝나자 옆 반의 민성이 찾아왔다. 작은 키에 가는 몸피를 가진 녀석은 무테안경 안에서 눈알을 굴리며 재석의 심기를 살펴가며 말을 걸었다.

"야, 재석아… 너랑 나랑 사회봉사인 거 아냐?"

"그래, 임마. 너 때문에 재수 조낸 없어."

울컥하고 화가 올라오는 것을, 녀석과 중학교 때부터 지켜온 친구로서의 의리를 생각해 간신히 눌러 참았다. 영화에 등장하는 주인공들을 보면 그들이 죽거나 총을 쏘거나 맞으며 생고생을 하는 이유가 결국은 의리 때문 아니던가. 〈다이하드〉에 나오는 브루스 윌리스도 꼴같잖게 경찰이랍시고 의리, 사회 정의, 뭐 이따위 것을 실현한다는 이유로 사건에 끼어들어 죽을 똥 싸며 생고생을 한다고 재석은 생각했다. 하지만 어쩔 수 없었다. 30~40명이 되는 구성원을 가진 폭력서클 스톤의 후배들은 항상 그런 재석에게 의리에 죽고 산다며 존경의 마음을 가지고 있었던 것이다.

"미안하다. 내가 어떻게 해야 네 분이 풀리겠냐?"

"풀리긴 어떻게 풀려, 임마."

"그나저나 너 갈 거지?"

"어딜?"

"사회봉사 말야. 그거 졸라 힘들 수도 있대."

가뜩이나 가연성 울화가 가슴속에 과포화 상태인데 민성이 라이터 불을 댕겼다. 뉴스에나 나오는 전과자들이 하는 사회봉사까지 해야 한다는 생각이 들자 더 이상 참을 수가 없었다.

"에이 씨발! 짜증난다!"

재석은 의자를 박차고 벌떡 일어나 교실을 뛰쳐나왔다. 복도 가득 오가는 아이들이 홍해가 갈라지듯 지레 길을 비켜줬다. 스톤의 위력이었다. 한번 움직이면 눈앞에 거치적거리는 녀석들이 사라지는 그것.

"야! 어, 어딜 가? 재석아!"

황급히 뒤따라오며 민성이 물었다.

"어디긴 어디야? 교장실이지."

그 말을 들은 민성이 걸음을 재게 놀려 따라왔다.

"가지 마. 야, 큰일 나. 미안해. 내가 잘못했어."

쫓아와 소매를 붙잡은 녀석은 여차하면 신파극 장한몽의 심순애처럼 재석의 바짓가랑이라도 잡아당길 태세였다.

"이거 안 놔? 가서 한번 따지기라도 해야 할 거 아냐!"

스톤 멤버들은 가끔 중학생이나 초등학생의 삥을 뜯거나 폭력사태를 일으켜 근신이나 정학 등의 처벌을 받기도 했다. 하지만 이렇게 교장실로 겁 없이 달려가 뭔가를 해보겠다는 아이는 아직까지 한 명도 없었다.

교장실이 점점 가까워졌다. 민성이가 저만치서 따라오는 것이 느껴졌지만 이미 녀석은 안중에도 없는 재석이었다.

"에이, 이러다 자르면 잘리고 말지 뭐!"

재석은 될 대로 되라는 심정으로 교장실의 문을 두드렸다. 교실 두 개를 터서 만든 넓은 교장실 안 깊숙한 곳에 책상이 있어서인지 교장의 대답은 잘 들리지 않았다. 그대로 문을 벌컥 열고 들어서니 마침 교무주임 미친개가 교장과 무슨 이야기를 나누고 있었다.

"어, 너는 재석이 아니냐?"

미친개가 경계의 눈초리로 이마에 내천 자를 그렸다.

"선생님, 왜 저는 사회봉사 명령을……?"

그제야 급할 것 없다는 표정으로 교장은 천천히 고개를 돌렸다. 미친개가 송구스러운 표정으로 나서며 입을 열었다.

"이번에 교장선생님께서 사회봉사 명령을 내리신 그……."

"알아요. 황재석이지?"

교장은 미친개의 말을 제지하더니 물었다.

"왜? 사회봉사 명령을 받은 게 억울한가?"

교장의 단정한 양복과 품위 있는 태도는 재석을 주눅 들게 만들었다. 특히 그 중년 남자 특유의 향수 냄새가 더 그랬다.

"네. 저는 옆에서 구경만……."

"네가 구경만 했다는 증거 있어?"

"저는 민성이가 대신 겁주라고 한 거 때문에……. 야, 말

좀…….”

겁이 나서 교장실 입구에서 쭈뼛거리던 민성이 뒤늦게 주춤주춤 따라 들어와 말했다.

“교, 교장선생님. 저는 사회봉사 가도 되지만 재석이는 아니에요. 구경만 했어요. 아무 잘못도 하지 않았어요.”

“그걸 어떻게 믿나? 너희 다 같은 패거리 아닌가? 법정에서도 가족이나 친지들이 하는 증언은 인정받기 어렵다는 거 몰라?”

그런 걸 알 리가 없는 재석이었다.

“하지만 사회봉사는 너무…… 제가 무슨 죄인도 아니고…….”

“사회봉사 명령을 내리는 건 내 권한이다. 교장의 권한에 네가 지금 도전하는 거냐?”

갑자기 기가 죽었다. 교장은 절대 얼굴 표정이 변하지 않는 사람이었다. 저 나이가 되면 다 저렇게 되는지 모르겠다. 그의 감색 양복에 걸려 있는 금으로 만든 학교 배지만 영절스럽게 눈에 들어왔다.

“이리 앉아봐.”

교장이 책상 의자에서 일어나 소파로 자리를 옮겼다.

“교장선생님, 죄송합니다. 제가 데리고 나가 잘 얘기를…….”

미친개가 수습해보려고 끼어들었다.

"됐습니다. 김 선생님께선 그만 나가보시구요. 애들과 얘길 좀 할게요. 그리고 거기, 너도 이리 와."

엉거주춤 서 있던 민성이까지 소파에 앉았다.

"너희들 전에 한 번 정학 받은 적이 있지?"

"……."

사실이었다. 은곰파의 하부조직인 배경고등학교 서클 셀과의 패싸움으로 사고를 낸 적이 있었다. 은곰파는 스톤의 선배들이 있는 쌍날파의 경쟁 폭력조직이었다.

"정학을 시킨다는 얘기는 뭐냐 하면, 다시는 그런 일을 하지 말라고 경고하는 거야. 너희 스톤 놈들 우리 학교에서 암적인 존재인 건 내가 이미 다 안다."

재석과 민성은 뜨끔했다. 설마 교장까지 서클의 존재를 알리라고는 생각 못했기 때문이다.

"알지만 내가 가만 놔둔 이유는 너희를 억지로 해체시켜봐야 또다시 새로운 서클을 만들 것이기 때문이야. 그럴 바에는 차라리 그대로 지켜보면서 계도하는 게 낫다는 생각이었다. 사방에 흩어져 이곳저곳에서 불쑥불쑥 문제를 일으키는 것보다 한군데 모아놓으면 일망타진이 쉽지. 그런데 아무래도 이제 스톤을 뿌리 뽑을 때가 되긴 된 것 같구나."

재석은 갑자기 오기가 생겼다. 자신의 문제가 갑자기 서클의 문제로 번졌기 때문이다. 의리의 기준으로 그건 견딜 수 없는 것이었다.

"선생님, 이건 다른 아이들과 상관없는……. 사회봉사 명령 받은 것만 취소……."

"한 번 내린 결정은 취소할 수 없다. 너 학교 관두고 싶니? 고등학교 중퇴자로 살고 싶어? 대학을 나와도 먹고살기 힘든 게 요즘 세상이야. 고등학교 중퇴자로 살고 싶다면 알아서들 해라."

듣고 있자니 고등학교 졸업이 무슨 벼슬인가 싶었다.

"……."

"너희 어머니가 와서 그렇게 울고불고 통사정하셨는데 어머니를 생각해서라도 그렇게 살면 안 되지 않니?"

교장은 설교 모드로 전환하려 했다. 학생들 훈계할 때 능수능란한 언변으로 얼을 빼놓기로 유명한 사람이었다. 옆에 있는 민성은 벌써 죽겠다는 표정이었다. 일이 점점 커지고 있었기 때문이다.

"너희는 다음 주 월요일부터 화영노인복지관에 가서 불편하고 힘든 노인들을 돌봐드려야 해. 그것이 내 결정이고, 너희는 그것을 따라야만 학교에 계속 다닐 수 있다. 알았나? 그리고 복지관에 가면 배울 점도 많을 거야."

강약이 부동이었다. 교장에게 대들어봐야 얻는 건 하나도 없었다. 그때 민성은 지푸라기라도 잡는 심정으로 애원했다.

"교장선생님, 하지만 교칙에도……."

"교칙? 교칙에 대해서 한번 말해볼까? 학교장은 교육상 필요한 때에는 법령 및 학칙이 정하는 바에 의하여 학생을 징계하거나 기타의 방법으로 지도할 수 있다고 규정되어 있어. 무슨 소린지 알아?"

"……."

"교칙은 학교를 운영하는 주체들이 합의해서 만든 거고, 그 실행은 내가 하는 거야."

둘은 더 이상 할 말이 없었다.

"알았으면 다음 주부터 사회봉사 명령 잘 이행해서 변화된 모습을 보여라. 가면 좋은 분 만날 거야. 너희 인생이 바뀔지도 모르지. 수업 시작됐으니 어서 교실로 가."

교장의 말에는 카리스마가 있었다. 항의하러 왔던 재석과 민성은 하릴없이 밀려날 수밖에 없었다. 야구 경기로 치면 7회 콜드게임 패고, 축구로 치면 5대 0의 묵사발이었다.

교장실 밖의 복도는 이미 조용했다.

"아, 졸라 짜증나네."

재석을 보기 민망한 민성이 괜히 너스레를 떨었다.

"새꺄. 너 때문에 난 이게……."

재석이 손을 한번 둘러메자 민성이 움찔했다.

민성이 중학생 서넛한테 걸려 시계를 뺏겼다고 말한 것은 일주일 전의 일이었다.

"뭐? 중딩들한테 뺏겼다고? 이런 멍청한 놈."

민성이 중학생들한테 맞은 사연을 들은 재석은 어이가 없었다.

"야, 중딩한테까지 애들 풀어 넣어야 되냐?"

"미안해. 향금이 기다리다가……."

민성은 금안여고의 향금이라는 여자아이 꽁무니를 쫓아다니는 녀석이었다. 중학교 때부터 사귀었다는 둘은 한마디로 닭살 커플이었는데 민성이 향금이의 학교 앞에 가서 얼쩡거리다 일이 벌어진 것 같았다.

"웬 중딩 새끼들이 와 가지고 껄떡대기에 까불면 맞는다고 하니까 이 자식들이 개떼처럼 몰려와 가지고……."

계획적으로 민성을 노린 것 같았다. 한 녀석이 먼저 가서 슬슬 건드리다가 낚이면 숨어 있던 다른 놈들이 우르르 몰려나와서는 삥 뜯는 뻔한 수법이었다.

"그래 가지고 완전 떡이 된 거냐?"

"아, 칼까지 갖고 있더라구. 그래서……."

재석이의 원칙 중 하나가 절대 다른 패거리들에게 당하지 말자는 거였다. 그건 스톤의 확고한 방침이기도 했다. 스톤의 짱인 병규는 그런 일이 있을 경우 결코 상대를 용서하지 않았다. 어떤 일이 있어도 보복을 했고, 수단과 방법을 가리지 않았다. 그래서 스톤은 늘 강했다.

스톤의 역사에서 이렇게 중학생들에게 맞고 물건을 뺏긴 적은 단 한 번도 없었다. 만에 하나 병규가 아는 날에는 모든 멤버가 얼차려를 무제한으로 받는 것은 물론이고, 조직 내에서 민성의 위치는 없는 거나 마찬가지가 된다. 그래서 스톤에 섣불리 알릴 수도 없었다. 아니, 오히려 알려질까 두려워해야 할 상황이었다.

그렇지만 중학생들에게 당한 게 억울했던 민성은 재석에게 보복의 기회를 만들어달라고 부탁했다.

"알았어. 내가 한번 가서 작살낼게."

할 수 없이 재석은 고개를 끄덕였다.

"진짜? 야, 고맙다. 마침 내가 그 새끼들이 어디에서 모이는지 다 알아놨어."

민성이 밝은 목소리로 말했다.

"내가 한 놈 잡으면 네가 작살나게 패면 돼. 그 새끼들 내가 겁을 빡 줄 테니까, 넌 실컷 화나 풀어."

민성이 부탁한 건 초반 기를 확 꺾어달라는 거였다. 덩치 큰 재석은 사람을 기로써 제압하는 능력이 있었기 때문이다.

"그래, 고마워."

그래서 민성을 마구 때린 아이들이 다닌다는 창명중학교 앞까지 재석은 진출하게 되었다.

1시간여를 교문 부근에서 기다리던 민성은 껄렁대며 지나가던 낯익은 중학생 둘을 마침내 찾아냈다.

"야, 니들 일루 와봐."

재석과 민성을 발견한 둘은 당황하는 눈치가 역력했다.

"너 핸드폰 이리 내려놔. 문자 때리려고 그러지?"

문자를 보내기 직전에 민성은 녀석들의 핸드폰을 거칠게 빼앗았다. 그 바람에 땅에 떨어진 핸드폰은 배터리가 분리되었다. 으슥한 골목으로 끌려 들어가자 녀석들은 두려움에 떨었다.

"형, 잘못했어요."

"한 번만 봐줘요."

"이 새끼들이 감히 겁도 없이 형 시계를 뺏어?"

덩치 큰 재석의 으름장에 녀석들은 울상이 되었다. 꼼짝 못하고 맞을 각오를 하는 것이었다.

"이 자식들, 어디 오늘 한번 죽어봐라."

기다렸다는 듯 민성의 팔과 다리가 현란하게 허공을 날아다녔다. 주먹이 녀석들의 몸과 얼굴에 사정없이 꽂힐 때마다 비명소리가 났다. 두 녀석은 꼼짝없이 민성에게 두들겨 맞았다. 재석은 골목 입구를 막고 서서 구경만 하면 되었다.

"형, 잘못했어요. 잘못했어요. 시계 갖다 드릴게요."

코피가 터진 한 녀석이 두 손으로 싹싹 빌었다.

아마도 고등학생 두들겨 패고 시계 뺏었다고 자랑깨나 했을 것이었다.

"필요 없어. 건방진 놈의 새끼들이 쪽수로 밀면 다야? 일루와. 너희 오늘 한번 죽어봐라."

민성이 원 없이 녀석들을 두들겨 팰 때 옆 다세대주택에서 창문 닫히는 소리가 들렸다. 아마 누군가 내다보다 창문을 닫은 모양이었다.

"이제 그만 가자."

맞으면서 우는 녀석들의 얼굴은 여기저기 터져 부어오르고 코피가 흘러 엉망이었다.

"안 돼. 이 자식들 손 좀 더 봐야 돼. 아, 씨발. 생각할수록 열 받네!"

오만 폼으로 중학생들을 발로 차고 주먹으로 갈기던 민성은 아직도 분이 덜 풀린 표정이었다.

두 녀석은 무릎을 꿇은 채 계속 울고 있었다.

그때 어딘가에서 경찰차 사이렌 소리가 났다.

"아 짱나. 누가 신고했나보다."

"아이 씨. 빨리 튀자."

재석과 민성은 골목 밖으로 나와 죽을힘을 다해 달리기 시작했다. 등 뒤로 맞은 녀석들의 욕설이 따라왔다.

"야, 이 개새끼들아! 거기 안 서?"

"너희들 나중에 죽을 줄 알아!"

저만치에서 경찰차가 달려오는 것이 보였다. 스피커가 왕왕거렸다.

"너희들 거기 안 서!"

스피커 소리가 먼저 쫓아와 덜미를 잡았고 차는 나중이었다. 가끔 담배를 피우다 선생들에게 걸리거나 패싸움을 하다 도망쳐본 적은 있지만 이렇게 경찰차에 쫓기기는 처음이었다. 경찰이라는 공권력이 주는 그 위압감은 과거의 그런 것들과는 비교도 할 수 없었다.

커다란 슈퍼 앞 사거리에서 둘은 갈라섰다.

재석은 복성시장 쪽으로 달렸다. 하지만 경찰관들은 도망치는 놈 쫓는 데 이골이 난 것 같았다. 제대로 끈질기게 물고 늘어지는 게 아닌가.

"에이 씨!"

뒤를 돌아보는 순간 재석은 앞에서 종이를 잔뜩 담아 끌고 가던 할머니의 손수레에 걸려 호되게 나뒹굴고 말았다. 하늘과 땅이 뒤집어지더니 공중제비를 한 바퀴 돈 뒤 재석은 큰 대자로 뻗어버렸다.

"이 자식이 어딜 도망가?"

헉헉대며 경찰관이 다가와 멱살을 잡았다. 싸구려 포마드 냄새가 진동을 했다.

지구대에 끌려가 보니 민성도 이미 잡혀와 있었다.

"아, 정말 재수 더럽게 없어. 민성이 떨한 자식 때문에……."

재석은 생각하면 생각할수록 민성이 때문에 사회봉사 명령을 받은 게 짜증 났다. 상가 계단 앞에 앉은 채로 다시 담배 한 대를 피워 물려고 할 때였다. 저만치에서 민성이 달려오고 있었다.

"어, 늦어서 미, 미안해."

민성은 그 사건 이후 재석만 보면 비실비실 기를 못 폈다. 자기 때문에 재석이 억울하게 당했다고 생각한 것이다.

"아, 나 늙은이들 딱 질색인데……."

민성이 진저리를 치며 말했다.

둘은 빨간 벽돌로 지은 복지관 안으로 들어갔다. 복지관 마당에는 휠체어를 타거나 지팡이를 짚은 노인 서너 명이 나와 시간을 보내고 있었다. 그들에게 넘쳐나는 것은 무료한 시간, 시간뿐이었다.

건물 초입에 안내실이 있었다.

"어쩐 일로 오셨어요?"

중년의 여직원이 상냥하게 물었다.

"사회봉사하러 왔거든요."

"자원봉사가 아니고요?"

"네. 사회봉사……."

"학교에서 시켜서 온 거 아닌가요?"

굳이 꼬치꼬치 따지며 확인하는 여직원이 살짝 미워지려는 재석이었다.

"그러면 2층 주간보호실 쪽으로 가보세요. 권미영 선생님 계실 거예요."

사회봉사로 오는 아이들은 모두 그리로 가는 모양이었다.

"근데 주간보호가 뭐냐?"

"글쎄?"

궁금해하며 계단을 올라오니 바로 오른쪽에 주간보호실이

있었다. 복도 벽에는 노인들이 붙잡고 다닐 수 있도록 핸드레일이 길게 이어져 있어 꼭 병원 같은 분위기였다. 복도를 따라간 둘은 주간보호실 문을 두드렸다.

"저기요."

공간의 반을 잘라 바닥을 높여 만든 온돌방 위에 노인들이 되는 대로 눕거나 앉아 있었다. 한쪽 구석에 냉장고와 싱크대 그리고 식탁이 있어 이곳에서 음식도 해먹는다는 사실을 짐작할 수 있었다.

빨간 앞치마를 두르고 부지런히 그릇을 씻던 여자가 돌아보며 물었다.

"어? 누구세요?"

"저기요, 사회봉사 때문에……."

"아, 얘기 들었어요."

권 선생이란 여자는 환하게 웃었다. 냄새 나고 힘없는 노인들을 상대하는 여자답지 않게 해사한 얼굴이었다.

"일루 와요. 여기에 인적사항 좀 적어줄래요?"

테이블 위에는 철해놓은 서류가 있었다. 자원봉사자 카드에 이름과 전화번호, 주소 등을 적고 사인하자 권 선생은 주의사항을 말했다.

"이곳 주간보호실이 뭐 하는 덴지는 알아요?"

"잘 모르겠는……."

"주간은 낮 동안이라는 뜻이에요. 낮 동안 어르신들을 보호하는 거지요. 학생들도 동네에서 몸이 불편해서 집에만 계시거나 풍 맞은 어르신들 많이 보죠?"

재석도 안다. 봉식이 형의 할아버지도 중풍을 맞아 늘 누워 있었으니까.

"그런 할머니, 할아버지들을 돌보려면 누군가 옆에 있어야 하잖아요. 그런데 그렇게 옆에 있다 보면 보호자들이 어디 나가지도 못하고 직장생활도 잘 못하게 되죠. 그럼 결국 가정에 궁핍이 오고 어려워지거든요. 우리가 이렇게 노인들을 낮 동안에라도 보호해드리면 자식들이나 배우자 되는 분들이 사회생활을 할 수 있어요. 그러면서 가정도 유지할 수 있고……. 노인들은 집에만 계시다가 밖에 나오시니까 이렇게 주간보호실에서 친구도 사귈 수 있죠. 여기서 우리가 해드리는 음식도 드시면서 재밌게 지내시다가 저녁이 되면 댁에 돌아가시는 거죠."

"몸이 불편한데 어떻게 집에 가요?"

민성이 물었다.

"아, 좋은 질문이에요. 복지관에서 운영하는 셔틀버스를 타면 노인들이 여기까지 무사히 오실 수 있지요. 그리고 여기서 지내시다가 다시 또 버스를 타고 집으로 가시는 거죠."

재석은 이런 설명을 즐기는 듯한 권 선생의 수다에서 벗어나 빨리 할 일이나 했으면 좋겠다는 생각이 들었다.

"우리가 할 일이 뭐죠?"

"특별히 할 일이 정해져 있진 않은데요. 여기 있으면 할 일이 많아요. 계속 할 일이 생길 거예요. 앞으로 잘 부탁해요. 보름 동안이면 2주네요."

"네."

"잘생긴 학생들이 왜 말썽을 부렸어요?"

그 말에 재석이 불쾌해하는 기미를 알아챈 권 선생이 재빨리 수습했다.

"호호호, 괜찮아요. 젊을 때는 그럴 수도 있는 거죠, 뭐. 대학교 때 청소년 상담도 해봤기 때문에 잘 알아요. 여기서 사회봉사하는 건 절대 괴롭거나 수치스러운 일이 아니에요. 이걸 통해서 두 학생이 새로운 사실도 알게 되고, 어르신들을 통해서 이것저것 많이 배울 수 있으니까요. 학생들이 손자 같아서 어르신들이 좋아하실 거예요."

권 선생은 아주 부드럽고 친절하게 둘을 대했다. 마치 엄마가 어린아이들을 다루는 것 같았다. 재석이는 문득 그날 아침에 일어났던 일이 떠올랐다.

"재석아, 빨리 일어나라 제발. 너 오늘부터 사회봉사하러 간다며?"

재석의 엄마는 터질 것 같은 울분을 삭이며 재석을 깨웠다. 하나밖에 없는 아들이 이제는 사회봉사 명령까지 받았기 때문이었다.

"아, 정말 가기 싫어!"

이불을 뒤집어쓰며 재석은 돌아누웠다.

"너 안 가면 어떡해? 학교 잘리려고 그래?"

"안 가면 어때? 그까짓 학교 잘리라 그래. 아 정말……."

"내가 너네 담임선생한테 얼마나 빌었는데 자꾸 그런 식으로 말할래?"

엄마는 학교에 불려가 눈물까지 보이며 재석을 위해 빌었던 것이다.

"그냥 화장실 청소나 한번 하고 끝나면 되는 건데……."

엄마의 입에서까지 또 사회봉사라는 말이 나오자 재석은 짜증이 확 올라왔다.

"아, 중학생들 때리는 거 구경한 것도 죄지, 그럼 죄가 아냐? 너 도대체 왜 그러는 거야? 그놈의 불량서클 좀 나오라니까 말을 안 들어."

엄마는 이번에 학교에 불리어 가면서 스톤의 존재를 분명하게 알았다. 그리고는 친구를 잘못 사귀어 재석이 신세 망치고 있다고 울고불고 난리였다.

"엄마 왜 그래? 걔네들 다 착한 애들이야. 그리고 나는 나쁜 짓 안 했단 말야."

"그런 서클 들어간 게 나쁜 짓 아니야? 니네 담임이 얘기하더라. 어떡하면 좋을지 모르겠다고. 마치 자포자기하듯이 얘기하는데 엄마가 얼마나 괴로웠는지 너 알기나 해?"

또 김정일 얘기였다. 그는 늘 그런 식이었다.

"우리 담탱이 원래 그렇단 말야. 뭐 하나 좋게 얘길 안 해."

"오죽하면 그러겠어? 널 포기한 거 같던데. 내가 속상해 못 살겠다."

다시 엄마의 목소리가 물기에 젖었다.

"알았어, 알았어. 일어나면 될 거 아냐? 아참, 정말 더러워서……."

누워서 그 잔소리를 다 듣느니 빨리 일어나버리는 게 나을 것 같아 재석은 화장실로 들어갔다.

"에이, 씨발."

빨래판, 고무대야 등이 가득 차 발 디딜 틈도 없는 구질구질한 화장실에서 재석은 옷을 입은 채로 샤워기를 틀어 온몸에 물을 맞았다. 옷을 적시며 흘러내리는 찬물에 비로소 정신이 드는 재석이었다. 이 어둠침침한 반지하 다세대주택에서 도대체 얼마나 더 찌그러져 청춘을 보내야 할지 몰라 재석은 갑갑했다.

"아, 정말 더러워서……"

발에 걸리는 고무대야를 냅다 걷어찼다.

요란한 소리를 듣고 엄마가 또 화장실 문밖에서 째질 듯한 소리를 질렀다.

"너 또 왜 엉뚱한 데에 화풀이하는 거야!"

그렇게 한바탕 소동을 벌이고서야 재석은 집을 나설 수 있었다. 뒤통수에다 대고 엄마는 신신당부했다.

"제발 재석아. 정신 좀 차려라. 뭐가 되려고 그러냐? 엄마 정말 너 때문에 죽겠다."

"아이, 알았어. 아, 듣기 싫어, 정말."

대문을 닫고 집을 나오는 순간부터 바깥세상은 늘 또 다른 세계였다. 재석은 구석구석 '뉴타운 환영' '재개발 추진위원 모집' 포스터가 가득한 골목을 걸어 내려오면서 마음이 집에서 있었던 복잡한 일로부터 멀어졌다.

주간보호실은 물론이고 복지관 안에서 어슬렁거리는 대부

분의 노인은 멀쩡하지가 않았다. 반신을 쓰지 못하는 사람들이 주로 많았다.

"저 할아버지들은 왜……?"

궁금한 것도 많은 민성의 물음에 권 선생이 대답했다.

"뇌졸중이라고 들어봤어요?"

"뇌졸증이오?"

"뇌졸증이 아니라 뇌졸중. 중풍이라고도 하지요. 혈압이 높거나 그러면 뇌혈관이 못 견뎌 터져요."

"네, 들어본 것 같……."

"그러면 뇌세포가 파괴되지요. 뇌는 두 개로 나뉘어 있거든요. 오른쪽 뇌에서 혈관이 터져서 뇌세포가 죽으면 몸의 왼쪽을 못 써요. 반신불수라고 흔히 그러지요. 왼쪽이 터지면 오른쪽을 못 쓰고……. 그래서 그런 할아버지들이 수술을 받고 치료 받은 뒤 회복되면 여기서 재활훈련을 받아요. 저렇게 걷게 되려면 얼마나 힘든지 몰라요."

재석은 전혀 새로운 이야기를 듣는 것이 흥미로웠다.

"몇 개월, 몇 년씩 훈련하고 연습하신 분들이에요. 대단하지요? 저렇게 매일매일 하루도 안 빠지고 운동하면 조금씩 좋아진다구요."

권 선생이 잠시 한눈을 파는 사이에 민성이 속삭였다.

"야, 나라면 저렇게 사느니 차라리 자살할 거 같아."

"나도 그래. 저럴 거면 뭐 하러……?"

재석이 맞장구를 쳤다. 자기들끼리 수군대고 있을 때 권 선생이 둘에게 말했다.

"자, 일단 오늘은 왔으니까 나 좀 도와줘요. 옆 건물이 강당이거든요. 여기 있는 의자들을 강당까지 옮겨다줘요. 며칠 뒤에 거기에서 개관 20주년 기념식을 할 거예요."

첫 지시였다. 학교에서 하던 식으로 둘은 의자를 두 개씩 양팔에 꼈다.

"아니, 그렇게 들고 나를 필요 없어요. 여기서는 카트를 사용해요."

복도에 나가보니 커다란 카트가 있었다. 그곳에 의자 열 개 정도를 실어서 끌고 가면 되는 거였다.

"야, 이거 일도 아니잖아?"

"그렇네."

둘은 카트를 밀고 끌며 엘리베이터를 이용해 1층으로 갔다. 강당으로 가니 몇몇 직원들이 와서 의자를 정리하며 행사준비를 하고 있었다.

"이거 어디다 놓을까요?"

직원으로 보이는 사람이 힐끗 보더니 말했다.

"이쪽으로 와서 차례차례 줄에 맞춰서 놔줘요."

시키는 대로 일을 하니 묘한 기분이 들었다. 노인들이나 장애인들을 위해서 뭔가를 한다는 선한 느낌이 봄바람처럼 온몸을 살랑살랑 감싸고 돌았다.

"야, 우리 좀 착한 사람 된 거 같지 않냐?"

민성이가 옆에서 물었다. 녀석은 쓸데없는 감성에 충실한 게 탈이라고 재석은 생각했다.

"야, 자식아. 일이나 해."

"근데 기분이 좀 더럽다. 시키는 대로 하려니까."

의자를 정리하고 주간보호실로 돌아오자 권 선생은 새로운 지시를 내렸다.

"이 건물 3층에 올라가면 서예실이 있어요. 거기 가서 재석 군은 2시간 동안 뒷바라지 좀 해요. 그리고 민성 군은 나랑 같이 어르신들 음식 만들 재료 사러 장 보러 가고……."

묵향이 가득한 서예실에는 노인들 몇 명이 미리 와서 화선지를 펼쳐놓고 뭔가 쓰고 있었다. 벽에는 빼곡히 서예 작품이 걸려 있었고, 책상에는 군용담요를 스테이플러로 찍어서 고정해 놓았다. 원래는 카키색이었을 군용담요는 얼마나 오래 쓰고 먹물을 흘렸는지 거의 검은색으로 얼룩덜룩했다.

머쓱하게 그곳으로 들어가자 심심해 죽겠다는 표정으로 하품하던 노인이 ㄴ자로 꺾인 불편한 왼팔을 옆구리에 붙인 채 오른손을 들어 재석을 불렀다.

"어이, 학생. 이리 와."

재석은 부르는 데로 쫓아갔다.

"자봉하러 왔어?"

"네?"

"자원봉사 말야."

자원봉사를 여기서는 자봉이라 부르는 것 같았다.

"아, 네."

"나 물 한 잔만 떠다줄래?"

"어, 어디에……?"

"저기 가면 정수기 있어."

자신도 모르게 재빨리 움직이는 재석이었다. 정수기 옆에 붙어 있는 봉투 컵을 하나 뽑아 물을 받아 서예실로 돌아갔다. 한 모금도 안 되는 물을 단숨에 입에 털어넣은 뒤 노인은 말했다.

"한 번 더."

물에 젖어 쭈글쭈글해진 봉투 컵을 쓰레기통에 버리고 새 걸 뽑아 물을 받았다. 또 떠오라고 할까 봐 아예 봉투 컵 두

개에 받았다.

"새 봉투에 받아왔어? 녀석아, 물자를 아껴야지. 우리나라 가난한 나라야. 그 물컵도 여러 번 쓸 수 있었는데……."

재석은 얻어먹는 주제에 노인네가 말이 많아 같잖은 꼴을 다 본다고 생각했다.

"어, 시원하다."

물을 먹고 난 노인은 더 이상 귀찮게 하지 않았다. 휠체어를 탄 노인과 지팡이를 든 노인이 하나둘씩 서예실로 들어왔다.

하릴없이 앉아 있는데 이번엔 다른 노인이 말을 걸었다.

"야, 먹 좀 갈아줘."

재석은 붓글씨 쓰는 걸 초등학교 때 한두 번 해보고 해본 적이 없었다. 먹을 어떻게 가는지 알 리가 없었다.

"저는 먹 갈아본 적이……."

"해보면 돼. 자, 이걸로 해."

재석은 대머리 할아버지 곁에 가서 먹을 갈기 시작했다.

"벼루에 먹을 수직으로 세워."

"예, 이렇게요?"

재석은 태어나서 그렇게 큰 먹은 처음 보았다. 쥔 손에 가득 들어오는 큰 먹이었다.

"그래. 그걸로 벼루에 대고 시계 방향으로 돌려. 그렇게 돌리면서 갈면 돼."

처음 갈아보는 먹이지만 맑은 물에 먹이 녹아 퍼지며 묵향이 피어오르자 기분이 나쁘지 않았다. 이 기분에 서예를 하는 것 같았다. 마음이 차분히 가라앉고 잡념이 없어지는 것이 아닌가. 이곳에 오기 싫어서 짜증냈던 기억이나 학교에서 있었던 일, 혹은 엄마와의 갈등, 이 모든 것이 눈 녹듯 사그라지는 것이 느껴졌다.

점점 먹 가는 일에 속도가 붙고 리듬감이 생겼다. 먹을 가는 손이 호흡과 맞아 들어가며 일정하게 돌아가기 시작했다.

지켜보던 노인이 말했다.

"잘 가는데? 거 앞으로 매일매일 내 것 좀 갈아줘."

"네? 아, 알겠습니다."

계속 갈자 맑은 물은 시커먼 먹에 섞여 어느새 검은 먹물이 되었다.

"됐어요?"

"이 녀석아, 먹은 1시간도 더 갈아야 돼."

"1시간……? 으, 죽었다."

"죽긴 뭘 죽어? 계속 갈아. 걸쭉해질 때까지 갈아야 돼."

"이게 걸쭉……?"

"그럼. 죽같이 되지. 계속 갈아."

땀이 솟기 시작했다. 어깨도 뻐근하고 팔도 아팠다. 하지만 먹을 갈면서 무아지경에 빠지는 것은 결코 나쁘지 않은 경험이었다. 땀이 콧잔등에서 떨어지기 시작했다.

"허허, 됐다. 이제 그만 갈아라."

10여 분밖에 지나지 않았다.

"네? 아까는 1시간 동안……?"

"됐어. 이제 먹물 좀 부으면 돼."

노인은 옆에 있는 검은 플라스틱 통에 담긴 먹물을 부었다. 그리고는 붓으로 찍어보더니 말했다.

"응, 잘됐다."

그때 바짝 마른 노인 하나가 서예실로 들어왔다.

"안녕하세요?"

"안녕하쇼."

노인들이 인사를 했다. 노인은 교탁으로 비척비척 걸어가더니 말했다.

"오늘도 서도를 닦아볼까요?"

다리만 살짝 저는 노인은 무슨 장애인지 알 수가 없었다. 서예실 안을 훑어보는 그의 눈빛이 재석을 스치고 지나갔다.

"자, 그럼 오늘도 각자 붓을 한번 꺼내놓고 써보세요. 제가 다니면서 본을 떠 드릴게요."

서예 공부가 시작되었다.

교탁 위에는 그 노인의 것인 듯 커다란 붓과 먹, 그리고 연적이 있었다. 노인은 재석과 다시 한 번 눈이 마주쳤다. 그 순간 재석은 움찔했다. 날카로운 눈빛이 마치 자신을 제압하는 것 같았기 때문이다.

"네가 봉사자냐?"

"네."

"이리 좀 와봐."

그 말에는 무게가 실려 있었다. 재석은 자신도 모르게 다가갔다. 한참 재석을 살펴보던 노인이 말했다.

"녀석 꼭 두리안같이 생겼구나."

"네?"

두리안이 뭔지 몰라 재석은 어리둥절했다.

"아니다. 너 가서 대걸레 가져와라. 화장실 가면 있다. 이 먹물들 구석구석에 떨어져 있지? 이거 말끔히 닦아라."

몸이 불편한 노인들인지라 먹물을 단정하게 찍어 쓰지 못했다.

"네."

재석은 얼떨결에 움직이고 있는 자신을 발견해야 했다. 화장실에 가서 대걸레를 걸레통에 담가 적신 뒤 대걸레를 들고 서예실로 들어왔다. 그런데 노인은 재석이 들고 온 대걸레를 보더니 순간 눈을 부라리면서 물었다.

"너 그 물 질질 흘리고 온 거냐?"

"네? 왜……."

걸레에서 흘러내린 물방울이 복도를 따라 화장실까지 점점이 이어져 있는 것을 보며 재석은 기어 들어가는 목소리로 대답했다.

"정신 나간 녀석 아니냐? 여기 노인네들 다 지팡이 짚고 다니는데 물에 미끄러져 쓰러지거나 다치면 네가 책임이라도 질 거냐?"

노인의 호통에 재석은 정신이 번쩍 들었다.

"생각이 없구나, 생각이……. 가서 물 다 닦아."

생각해보니 정말 큰일 날 일이었다. 걸레를 꾹꾹 짜서 닦았지만 바닥은 물이 번질번질했다.

노인은 복도를 내다보며 다시 말했다.

"물기가 아직 남았잖아!"

복도가 쩌렁쩌렁 울리는 커다란 목소리였다. 그 소리를 듣고 이 방 저 방에서 사람들이 다 내다볼 것 같아 온몸이 움츠러들었다.

"아, 죄송……."

재석은 화장실에 있는 휴지를 뜯어다가 복도의 물기를 완전히 제거했다. 휴지가 한 무더기 쓰였다.

"이 녀석 봐라. 휴지로……. 휴지가 얼마나 비싼지 알아?"

"그럼 어, 어떻……?"

"손걸레를 찾아다 닦아야지. 이런 쓸모없는 녀석 같으니."

한 무더기나 되는 휴지를 쓰레기통에 버리면서 재석은 갑자기 죄인이 된 느낌이었다. 이 일로 완전히 노인에게 주눅이 들어버렸다.

"됐다. 이리 들어와라."

한참을 복도 바닥에 엎드려 낑낑대며 물기를 닦자 노인이 불렀다.

"이제 어서 서예실 닦아라. 멍청한 짓을 하니 일이 늘어나잖냐."

다른 노인들은 빙글빙글 웃으며 그런 재석을 구경하듯 바라보았다.

대걸레를 빨아다 서예실을 닦기 시작하면서 재석은 질리고 말았다. 서예실을 만든 뒤 한 번도 청소를 안 했는지 사방에 먹물이 튀어 있는데도 닦은 흔적이 전혀 없었기 때문이다. 걸레를 빨러 몇 번 왔다갔다했는지 알 수가 없었다. 빨아올 때는 꾹꾹 짜는 것도 모자라 복도에 물이 떨어지지 않게 아예 걸레 부분을 손으로 받치고 와야만 했다. 물방울 하나라도 떨어졌을까 봐 지나온 복도를 확인할 정도로 신경이 곤두섰다.

그러나 서예실 안에도 복병은 있었다. 한번 떨어져 굳은 먹물은 잘 지워지지 않았던 것이다. 서예실에 가득 찬 묵향도 재석에게는 더 이상 느껴지지 않았다. 땀이 비 오듯 흘렀다. 걸레를 열 번 정도 빨아다 닦자 바닥이 조금 깨끗하게 보였다.

"저, 청소 다……."

"이게 다한 거냐? 저기도 먹물 있잖아. 그리고 이런 건 왜 안 닦아?"

꼬장꼬장한 노인네는 아주 작정을 한 것 같았다. 재석은 걸레를 몇 번이고 다시 빨아 먹물을 닦아야만 했다. 그래도 안 지워지는 것을 살펴보니 까만 페인트가 튄 거였다. 아마 수년 전에 창틀을 칠하면서 흘린 것을 제대로 닦아내지 않은 듯했다.

"이, 이건 페인트……?"

"페인트는 못 지우나?"

"예, 페인트는 물로는……."

"이런 바보 같은 녀석. 칼로 긁어내면 되잖아."

재석은 차가운 시멘트 바닥에 엎드려 검은 페인트 자국들을 긁어내기 시작했다. 칼로 긁어서 하나하나 없애야 되는 작업이었다. 그 넓은 서예실 바닥의 크고 작은 페인트 자국을 낱낱이 긁는 일은 정말 장난이 아니었다.

"자, 시간 다 됐소. 수고들 했어요."

순식간에 12시가 되었다. 점심시간이었다.

"저는 오후에 또 할머니 반을 가르쳐야 되니 이만 끝내고 식사들 하러 갑시다."

노인들은 모두 다 자리에서 일어났다. 구내식당에서 먹는 사람도 있었고, 더 중증장애인인 사람들은 주간보호실로 갔다.

하지만 아무도 재석에게 밥 먹으라고 일러주지 않았다. 잊었다는 듯 서예실을 나가던 꼬장꼬장한 그 노인이 돌아서서 말했다.

"너도 가서 밥 먹어라."

"어, 어떻게……?"

"알아서 먹어. 그리고 오후에 와서 계속 다 긁어내."

노인이 절룩거리며 식당을 향해 가고 나자 재석은 비로소 들고 있던 커터 칼을 내려놓았다. 1시간 이상 무릎을 꿇고 엎드려서 검은 페인트 자국을 없애느라 다리가 저렸다. 칼을 쥐었던 손도 퉁퉁 부었다.

"수고 많았어요."

어느새 서예실로 온 권 선생은 재석에게 상냥하게 말했다.

"식사 해야죠? 주간보호실로 오세요."

후들거리는 다리로 주간보호실에 가자 민성은 벌써 와 있었다. 녀석도 뭔가에 혹독하게 당했는지 질린 표정이었다.

"이걸로 식당 가서 식사들 하세요."

권 선생은 노란색 식권을 하나씩 나눠주었다.

둘은 구내식당에 가 배식을 받은 뒤 구석에 자리 잡고 앉았다. 허겁지겁 밥을 먹는데 민성이 먼저 입을 열었다.

"야, 나 진짜 죽는 줄 알았어. 장 보고 와서 창고 정리하러 갔는데 씨발, 창고가 열라 커. 완전 먼지투성이였어. 마치 일 시키려고 기다렸던 것 같아."

"야, 말도 마. 나는 서예실 청소하는데 졸라, 백 년 묵은 먹물을 다 닦았어. 근데 아직도 멀었어. 오후에 또 가서 해야 된다. 야 정말 미치겠다. 확 도망갔으면 딱 좋겠다."

"에이, 도망갔다가는 바로 보고 들어갈 텐데? 그러면 우리는 퇴학이야."

하긴 그랬다. 그 뒤에 벌어질 사태에 대해 재석도 자신이 없었다.

둘은 말없이 식판에 있는 밥을 남김없이 먹었다. 집에서 해주는 밥과 또 다른 맛이었고 학교 급식과도 맛이 달랐다. 고된 노동 뒤에 먹어서인지 한마디로 꿀맛이었다.

그날 오후의 일도 결코 쉽지 않았다. 재석은 할머니 반 서예시간에도 바닥에 무릎을 꿇고 엎드려 검은 페인트를 제거했고, 도중에 민성의 창고 정리까지 도와줘야만 했다. 창고 안에는 각종 책상에, 의자에 쓰다 남은 휠체어, 현수막 등등이 가득 차 있었다. 그것들을 정리해 한쪽으로 차곡차곡 쌓은 뒤 철 지난 현수막들은 각목과 천을 분리해 내놓았다.

"무슨 놈의 행사를 이렇게 많이 했냐?"

현수막이 언뜻 봐도 수백 개는 되어 보였다.

"노인들밖에 없으니 치울 사람이 부족해서 행사 끝나면 처박아놓고, 처박아놓고 했나봐."

"그런 것 같다. 으아, 죽겠다."

창고 정리는 거의 5시가 다 되어서 끝났다.

먼지를 뒤집어쓰고 엉망이 된 둘이 기진맥진해 주간보호실로 가자 권 선생이 말했다.

"어머, 수고했어. 아무도 엄두를 못 내던 일이었는데. 두 사람 정말 대단하네? 힘들어서 어떡하지? 여기 샤워실 있는데 샤워라도 하고 가."

어느새 권 선생은 반말이었다.

"아니에요. 집에 가서……."

안 쓰던 근육을 써서 그런지 온몸이 후들대고 통증이 왔다.

5시 30분쯤에 둘이 복지관 건물을 나서려고 할 때였다.

"나 내일 안 올 거야."

재석은 더 이상 이곳에 오지 않기로 결심했다. 이건 봉사가 아니라 중노동이었다. 급료나 대가 하나 없는…….

"야, 하지만 학교 잘리면 어쩌려고? 우리 담탱이가 이거 도중에 안 하면 퇴학이랬어."

"학교 때려치우고 말지. 아 너무 힘들다. 하루 종일 꿇어앉아 있었더니 걸을 힘도 없어. 이 다리 풀리는 거 봐."

"내가 부축해줄게."

서예실 노인은 페인트 자국이 완전히 없어질 때까지 계속 긁어내라고 했다. 하루 종일 페인트를 긁었지만 서예실의 십분의 일도 되지 않는 부분이었다. 그렇다면 열흘 내내 와서 이걸 긁어야 한다는 계산이 나왔다.

"너 찬 바닥에서 한번 페인트 지워봐라. 아주 미친다. 게다가 노인네가 검사까지 하는데 완전히 뭐랄까, 저승사자? 아니, 부라퀴. 그래 부라퀴가 딱 어울린다."

부라퀴는 어느 만화에 등장하는 주인공 이름이었는데 갑자기 떠오르는 거였다. 그때부터 재석과 민성에게 노인은 몹시 야물고 암팡스러운 사람이라는 뜻의 부라퀴가 되었다.

"어, 야. 저기."

그때 민성이가 호들갑을 떨며 어딘가로 손가락질을 했다.

"뭐?"

고개를 돌린 재석은 순간 숨이 막히는 것 같았다. 교복을 단정히 입은 여학생 한 명이 복지관 안으로 들어오는 거였다. 사람에게서 빛이 난다는 말을 듣긴 했지만 실제로 본 건 그때가 처음이었다. 민성도 숨이 막혀 꼼짝할 수 없었다. 재석의 시선은 그 여학생에게 붙어 떨어질 줄 몰랐다.

그런 둘을 쳐다보지도 않고 여학생은 그들 곁을 스쳐 지나가 엘리베이터 버튼을 눌렀다.

"야, 재, 재는……."

민성은 말을 잇지 못했다.

땡 소리와 함께 엘리베이터 문이 열리자 여학생이 반색을 했다.

"할아버지 제가 올라가려고 했는데요."

"그랬냐? 어서 가자."

엘리베이터에서 내린 노인네는 다름 아닌 부라퀴였다. 재석을 대할 때와는 정반대로 다정한 여느 할아버지의 모습이었다.

그때 민성이가 소곤거렸다.

"야, 재는 금안여고 얼짱이야!"

"뭐, 얼짱?"

"응, 금안에서 1, 2, 3학년 전체 얼짱이라는 보, 보 뭐라더라. 보담이, 그래 보담이야."

"보담이?"

보담이라는 여학생은 재석과 민성 쪽은 쳐다보지도 않고, 부라퀴의 팔짱을 끼고 스쳐 지나갔다.

"손녀가봐."

"야, 내가 아까 말한 그 부라퀴가 바로 저 노인네야."

"그래? 서예를 가르친단 말이지?"

부라퀴는 복지관 앞에서 대기하고 있던 검은색 외제차에 올라타고는 사라졌다.

"우와, 게다가 저 차는 7시리즈잖아?"

재석이 입을 다물지 못할 때 민성은 퇴근하는 권 선생에게 다가갔다.

"선생님, 안녕히 가세요."

"응 수고했어. 내일 봐."

"선생님, 근데 저 서예 선생님하고 같이 간 여자 애는 누구예요?"

"아, 보담이? 만날 할아버지 모시러 오잖아. 얼마나 착하고 예쁜데. 너희들 반했구나. 호호호호!"

뭔가 알겠다는 듯 권 선생은 입을 막고 웃으며 복지관을 나갔다.

방금 전까지 내일은 다시 안 오겠다던, 그리고 다시는 이따위 사회봉사 안 하겠다던 재석의 결단은 봄눈 녹듯 사라지고 말았다.

"히히히히, 우와! 정말 끝내준다. 듣던 것보다 더해."

민성은 침을 질질 흘리며 낄낄댔다.

"짜식아, 너는 향금이가 있잖아."

민성의 뒤통수를 한 대 치는 재석의 팔에 힘이 들어갔다.

보담이는 정말 예뻤다.

한량 아빠의 추억

보담과 재석은 보트를 타고 있었다. 넓은 호반 한가운데 노 젓는 보트에 마주 앉아 환하게 웃는 보담의 얼굴은 보면 볼수록 깊이를 알 수 없는 늪처럼 사람을 빠져들게 만들었다. 그런 보담이 앞에서 노를 젓는 재석의 팔 근육에는 힘이 불끈불끈 들어갔다.

그러나 어찌 된 일인지 찰랑찰랑 부드럽게 노질이 되어야 할 물은 끈끈한 시럽이나 액체 같았다. 심한 점성 때문에 노를 끈끈한 물에서 빼내는 것도 어려웠다.

"어, 이게 왜 이러지?"

그러자 보담이 다가왔다.

"내가 한번 저어볼게."

보담은 자리를 바꿔 앉아 노를 젓기 시작했다. 아까까지 크림같이 끈끈하던 강물은 어느새 원래의 모습으로 돌아갔다. 보담이 젓는 노에 따라 배는 호수 한가운데로 나아갔다.

노를 젓기 위해 앞으로 몸을 숙일 때마다 보담의 하얀 블라우스 안으로 봉긋한 젖가슴이 보였다. 재석의 시선이 자연스럽게 그곳을 파고들었다. 노를 젓던 보담이 문득 재석을 쏘아보며 말했다.

"어딜 보니, 너?"

"아, 아니야. 보긴 내가 뭘……."

"너 내 가슴 자꾸 들여다보잖아."

"아니라니까. 그리고 노 젓느라 할 수 없이 보여."

"어머, 엉큼해."

보담은 갑자기 재석에게 호수 물을 손으로 끼얹었다.

"앗, 차가워!"

차갑다고 몸을 움츠리는 순간 재석은 눈을 번쩍 떴다.

"꿈이었구나."

외풍 심한 방에서 어깨를 드러내고 선잠을 자던 재석은 추

위에 뒤척이고 있었다. 며칠째 이러고 있는 것이다. 밤마다 잠을 못 이루는 건 얘기 한번 나눠보지 못한 보담이 눈앞에 아른거렸기 때문이다.

"부라퀴 같은 노인네에게 어떻게 그런 손녀가 있지?"

피곤하고 온몸이 뻐근했지만 머리는 보담이 생각으로 금세 말똥말똥해졌다. 보담이 정도의 여자친구를 사귄다면 이 세상 그 누구도 부러울 것이 없을 것 같았다.

스톤에 있는 아이들은 대개 여자친구가 있었다. 민성이 녀석도 향금이를 따라다녔고, 병규도 동성여고 짱인 지민이와 그렇고 그런 사이라고 했다.

잠을 설쳤기에 엄마가 깨우기도 전에 일어나 세수를 하고 정성껏 머리를 빗었다. 하루 만에 돌변한 아들의 모습을 보고 엄마는 어리둥절해 물었다.

"어머, 웬일이니? 네가 이렇게 일찍 일어나고……."

"몰라도 돼."

아무튼 재석이 늦잠 잘까 걱정하던 엄마로서는 다행스런 일이 아닐 수 없었다.

"사회봉사 명령이 좋긴 좋구나. 해가 서쪽에서 뜨겠다."

세수를 한 뒤 밥을 먹고 재석은 집을 나섰다.

복지관에 도착하니 8시 45분이었다.

민성은 아직 오지 않았다. 너무 일찍 온 거였다. 먼저 주간 보호실에 가 권 선생에게 인사를 했다.

"선생님, 저……."

"어머, 9시 30쯤에 와도 되는데……."

그녀도 방금 도착한 눈치였다.

"그냥 일찍……."

"조금 쉬었다가 일 시작해. 오늘도 서예실 가야 된다던데? 바닥 청소 맡겼다고 서예 선생님이 말씀하셨어."

"네. 지금 하러……."

"이따 9시 넘어서 시작해도 돼."

그러나 재석은 서예실로 직행했다.

권 선생은 고개를 갸웃했다. 어제까지만 해도 별로 내켜하지 않던 재석이 갑자기 일찍 나타나 적극적으로 일을 하려 했기 때문이다.

아무도 없는 서예실 문을 열고 들어간 재석은 입구 쪽 바닥의 검은 페인트부터 커터 칼로 긁어내기 시작했다. 부라퀴에게 잘 보여 보담이와 한번 사귀어보고 싶었다. 노인네가 꼬장꼬장해서 잘될지는 알 수 없었지만 일단 좋은 인상을 심어주고 볼일이라는 생각이었다.

1시간 가까이 바닥을 긁어내자 정말 일을 한 곳과 하지 않은 곳이 확연히 구분됐다. 말끔해진 바닥은 새로 지은 건물 바닥처럼 깨끗했고, 아직 지워야 할 부분들은 온통 검은 먹물과 페인트가 튀어 있었다.

일하면서 보람도 약간은 느낄 수 있는 재석이었다. 그건 평생 처음 느껴보는 감정이었다.

"이래서 사람들이 일을 하는구나."

부라퀴는 10시가 되자 어김없이 서예실에 들어섰다. 다른 노인들도 여느 때처럼 서예를 시작했다. 웬일로 오늘은 눈길 한번 주지 않고 서예만 지도하는 부라퀴였다.

"안녕하세요?"

참다못해 재석이 먼저 인사를 했다.

"응."

그게 다였다. 노인들을 지도하며 부라퀴는 서예실을 왔다 갔다 했지만 재석을 아예 없는 사람 취급했다. 한마디라도 일을 잘했다거나, 훌륭하다고 칭찬해줬으면 좋겠다는 생각을 했지만 이내 포기했다. 천성적으로 남 칭찬과는 거리가 먼 노인네임이 분명했기 때문이다. 하지만 재석은 여기서 물러설 수 없었다.

점심때 만난 민성은 창고 정리를 끝내고 마당의 풀을 뽑고 있었다. 그새 얼굴이 햇볕에 그을려 거무튀튀했다.

"야, 너 얼굴 타서 완전 흑인 같다."

"좋겠다. 넌 안에서 일해서……."

"바꿀래? 얼마나 힘든데. 하루 종일 바닥에 무릎 꿇고 칠 벗겼어."

그러자 민성이 대뜸 손사래를 쳤다.

"아냐 아냐. 밖에서 하는 게 훨씬 낫겠다. 수고한다고 할머니들이 이렇게 사탕도 주신다니까."

민성이는 호주머니에서 사탕을 꺼냈다.

둘은 복지관 으슥한 곳에 가서 담배를 피웠다. 복지관에 배정된 공익요원들이 다가오더니 말했다.

"야, 이것들이 담배 피우네."

"아, 왜 그러세요?"

민성이가 다 알면서 뭐 그러냐는 투로 말했다.

"그래, 그래. 펴라. 나도 중학교 때부터 담배 폈는데 뭐……."

공익요원들에게서 약간 떨어져 담배를 피운 뒤 재석은 다시 서예실로 돌아갔다.

1시간 정도 칠을 벗기자 부라퀴가 말했다.

"일 그만 해라. 오늘은 힘드니까 주간보호실 가서 딴 일 맡아."

"예? 예……."

이마의 땀을 닦으며 등을 돌리고 나오는데 부라퀴가 한마디 더 했다.

"너 어제와 좀 다르구나."

"아니에요. 그냥 열심히……."

"그래."

부라퀴에겐 그게 칭찬인 모양이다.

일을 열심히 한다는 것은 과연 어떤 의미일까 생각하면서 재석은 주간보호실로 향했다.

'아빠도 열심히 일해본 적 있을까.'

아빠는 일이라고는 해본 적이 없는 사람이라고 했다. 게으르고 무능력한 아빠로 인해 재석의 집은 형편이 늘 어려웠다. 외할머니 집이 있는 마을을 감싸고 돌았던 강한 거름 냄새가 문득 느껴지면서 어린 시절의 영상이 눈앞에 펼쳐졌다.

"재석아, 저만치 가면 할머니 집이야. 가면 할머니가 맛있는 거 해주실 거야."

어린 재석은 늘 배가 고팠다. 버스에서 내린 뒤 엄마 손을 잡고 비포장의 시골길을 터덜터덜 걸으며 할머니 집으로 향했다. 구불구불한 농가의 소로에 들어서자 70년대 새마을 운동으로 초가를 벗겨내고 슬레이트를 씌운 집들이 나타났다. 50여 가구가 사는 마을에서 할머니는 혼자 지내고 있었다.

"엄마, 저 왔어요."

"아니 어쩐 일이냐? 연락도 없이."

텃밭의 고추나무에 지지목을 박고 있던 할머니는 한달음에 달려왔다. 그리고 재석을 덥석 끌어안고 뺨에 볼을 비볐다.

엄마는 그렇게 재석을 맡겨놓고 다음 날 아침 일찍 서울로 돌아갔다. 거듭되는 생활고가 결국 엄마를 생활전선에 본격적으로 뛰어들게 만든 거였다.

"할머니, 엄마 언제 와?"

혼자 남겨진 재석은 심심하면 할머니에게 물었다.

"엄마 곧 온다."

며칠이 지나고 몇 달이 지나자, 이제 재석은 엄마가 영영 오지 않을 거라고 생각했다.

경제 형편이 어려워지자 이집 저집 손자들을 맡기고 가는 사람들이 늘어 시골에는 아이들이 차츰 많아졌다. 친구들이 생겼지만 엄마 없는 재석의 빈 가슴은 채울 길이 없었다.

"에휴, 불쌍한 걸 놔두고 니네 에미도 참 지독하다."

동네잔치가 있어서 막걸리라도 한잔 걸치고 오는 날이면 할머니는 그런 식으로 푸념을 했다. 그런 말을 듣고 있노라면 재석의 눈에서는 자신도 모르게 눈물이 흘렀다. 잠깐 동안이었지만 서울에서 자란 재석이인지라 모든 것이 풍요롭고 화려한 도시가 그리웠다.

학교에서 아이들은 그런 재석을 따돌렸다.

"야, 니네 엄마 아빠 이혼했다며?"

"누가 그래?"

"이혼했다던데 뭘. 니네 아빠는 일도 안 하는 백수에……."

"이 새끼가!"

그럴 때마다 재석은 주먹을 휘둘렀다. 그러면 잠시 조용해졌다. 주먹만이 유일한 해결책이었다. 시간이 흐르자 재석은 학교에서 결손가정의 대표적인 문제아로 자리를 잡았다. 툭하면 선생님은 재석을 불러다 야단쳤지만 할머니를 학교에 오라고 하지는 않았다. 노인이 학교에 올 리도 없고, 와서 얘기해봤자 변할 것이 없기 때문이었다.

어느 날 재석은 할머니에게 물었다.

"할머니, 우리 아빠는 어떤 사람이에요?"

"니네 아빠? 천상 한량이었지."

"한량이 뭐예요?"

"놀고먹는 사람이야."

재석은 낡아빠진 국어사전을 뒤졌다. 한량의 뜻이 나와 있었다.

한량[閑良] [할-] 조선 후기, 무과의 합격자로서 전직前職이 없던 사람

일정한 직사가 없이 놀고먹던 말단 양반 계층

돈 잘 쓰고 잘 노는 사람을 비유적으로 이르는 말

어린 재석이지만 일을 하지 않으면 먹고살기 힘들다는 걸 이미 알고 있었다. 할머니도 먹고살기 위해 열심히 쌀을 내다 팔고 야채를 심으며 생활비를 버는데, 병에 걸렸거나 형편이 어려운 사람들은 그나마 그런 일도 하지못해 힘겹게 살 수밖에 없었다. 그런 사람들이 가난하게 사는 것을 재석은 어린 시절부터 쉽게 볼 수 있었다.

할머니는 옛날 이야기하듯 아빠에 대해서 말했다.

"너희 아빠는 부잣집 아들이었어."

아주 어린 시절이라 기억도 나지 않았다.

"집안이 우리하고는 아주 달랐지. 그런데도 니네 에미가 결혼을 하겠다고 그래서 처음에는 말렸는데 에이구, 썩을 년. 그렇게 부득부득 결혼하겠다고 하더니 꼴좋게 됐지."

할머니에게도 깊은 마음의 상처가 있는 듯했다.

아빠는 부잣집 아들이었지만 어떠한 경쟁력이나 자생력도

없이 살아온 것 같았다.

그래도 어린 시절 재석은 꽤 유복하게 보냈다. 아무도 가지지 못했던 게임팩을 가지고 논 기억이 있었기 때문이다. 그러나 부자가 삼대 가는 법 없다고 했던가. 어떤 이유에서인지 사업이 갑자기 기울게 되었고, 집안이 가난해지자 아빠가 그대로 백수처럼 빈둥빈둥 노는 바람에 엄마가 할 수 없이 일거리를 찾아 집을 나서게 되었다.

엄마가 일을 하고 아빠가 집에 있으면서 아빠는 망가져 갔고, 엄마는 점점 현실적이 되었다. 아빠는 잃어버린 권위를 찾기 위해 폭력을 휘두르고, 어린 재석 앞에서도 엄마를 두들겨 패고 악다구니를 썼다. 하얀 얼굴에 연약한 손을 가진 아빠였지만 엄마를 때리고 괴롭히는 것을 보며 재석은 두려움에 떨었고, 그 기억은 언제 돌이켜도 끔찍했다. 아무리 약한 수컷도 암컷보다는 강해지고 싶은 것이 자연의 섭리였다.

그때는 아빠가 그토록 미웠는데 이제는 자신을 버리고 간 엄마도 미웠다. 왜 자신을 이렇게 시골에 던져놓고 서울로 가서 오지를 않는지 알 수가 없었다.

마음의 상처는 시간이 흐를수록 깊어졌다.

3년이 지난 뒤에야 비로소 엄마는 어느 날 재석을 데리러 시골로 왔다.

"재석아, 많이 컸구나."

학교 갔다 와 보니 엄마가 할머니와 함께 대청마루에 앉아 있었다.

"어, 엄마!"

발이 땅에 뿌리라도 내린 것같이 서 있는 재석에게 엄마가 달려와 와락 부둥켜안았다.

"미안해. 미안해. 엄마가 미안해."

자신을 끌어안고 펑펑 우는 엄마의 체취가 반가웠지만 몸 안에서는 본능적으로 깊은 반항심이 꿈틀거렸다.

"뭐 하러 왔어? 계속 내버려두지."

엄마의 품에서 빠져나온 재석이 쏘아붙였다.

"무슨 소리야? 재석아, 너 데리러 왔어. 이제 서울로 가자."

아무 말도 하지 않고 재석은 우두커니 서 있기만 했다.

그런 재석을 보며 할머니가 한숨을 내쉬었다.

"이년아, 3년씩이나 안 오니까 애가, 애가……."

재석이가 학교에서 문제아가 되었다는 말을 할머니는 차마 하지 못했다.

그사이에 엄마는 서울에서 자격증을 따 큰 식당의 요리사로 취직을 했다.

"엄마, 걱정 마. 이제는 내가 내 힘으로 먹고살 수 있어. 미안해."

"에이그, 이년아. 가서 잘 살아라. 제발 니 새끼 나한테 와서 맡기지 말고……."

할머니는 훌쩍이면서 재석의 등을 쓰다듬었다.

그렇게 해서 재석은 다시 서울로 올라와 엄마와 함께 반지하 방을 얻어 생활하게 된 것이다.

"재석아, 이제 엄마가 돈 많이 벌어서 근사한 집 살게. 조금만 여기서 지내자."

그러나 두 식구인데도 엄마 혼자 벌어오는 돈으로 생활한다는 것은 어려운 일이었다. 서울에 온 지 7년이 되어 가지만 근근이 먹고사는 삶이 계속되고 있었다.

어린 마음에 재석은 서울 아이들이 입는 브랜드 옷과 물건들이 부러웠다. 그러나 엄마가 그런 것을 사줄 수 있는 형편이 아님을 누구보다 잘 알고 있는 재석은 그런 옷이나 운동화를 가진 아이들에게 말없이 증오만 키울 뿐이었다.

중학교 1학년 때 같은 반이었던 태석이라는 녀석은 아버지가 무역업으로 돈을 많이 벌었다. 외국에 다녀올 때마다 사다줬다는 명품으로 온몸을 도배하다시피 했다. 지갑에, 학용품에 신발과 옷이 다 그랬다. 그런 녀석의 호사는 많은 친구의 부러움을 샀지만 재석은 일부러 눈길도 주지 않았다. 쳐다본

들 내 것이 되지 않는다는 걸 일찍부터 알았기 때문이다.

어느 날 청소를 하는데 대걸레 물이 녀석 운동화에 튀었다.

"이 새끼야, 더러운 물 튀잖아. 이게 얼마짜린 줄 알고……."

재석은 자신이 실수를 했기에 먼저 사과를 했다.

"미안하다."

"미안하다면 다냐? 엉?"

"그럼 어떻게 해야 되냐?"

재석은 순간 피가 거꾸로 도는 것 같았다.

"실수를 했으면 먼저 사과해야지. 내가 말을 하니까 그제야 미안하다고 하는 거야?"

녀석은 본격적으로 시비를 걸려는 태도였다.

"미안하다고 했잖아? 더 이상 어쩌라고?"

화가 치솟은 재석은 들고 있던 대걸레를 팽개쳤다.

"어쭈, 이게!"

덩치가 큰 태석은 재석의 코앞까지 얼굴을 들이대고 인상을 썼다. 그 순간 물이 튀었다는 녀석의 비싼 운동화가 재석의 울분을 터뜨렸다.

"이 자식아. 그러기에 누가 청소하는데 앞에서 얼쩡거리래?"

순간 자신도 모르게 재석은 주먹을 들어 녀석의 콧잔등을 갈겼다.

“어, 이게?”

한방에 코피가 터졌다. 곧 둘은 뒤엉켜 난투극을 벌였다. 하지만 싸움은 오래가지 않았다. 태석은 덩치만 컸지 어려서부터 주먹을 익숙하게 써온 재석의 상대가 되지 않았던 것이다.

“이 개자식이……. 그지 같은 운동화 가지고 앞으로 개폼 잡기만 해봐. 확 찢어버릴 테니까.”

주저앉아 엉거주춤하는 녀석의 운동화 신은 발을 그대로 짓밟으며 재석은 말했다.

그러나 마지막 그 장면을 담임선생이 우연히 보고 말았다.

“재석이 너 이 자식!”

재석은 그날 혼자 남아 피오줌을 싸도록 쪼그려 뛰기를 했다. 선생들이 퇴근할 무렵까지 학교에 남아 얼차려를 한 뒤 해 떨어지는 교정을 나섰다. 그날따라 자신의 지지리 궁상인 삶이 너무나 싫어 미칠 것만 같았다.

그때 교문을 나서는 그에게 처음 다가온 녀석이 바로 민성이었다.

“와, 너 싸움 잘하더라.”

민성이는 같은 반이었지만 앞줄의 꼬맹이였기에 재석은 그

동안 눈여겨보지 않았다.

"난 너같이 싸움 잘하는 애들이 부러워."

"부럽긴 뭐가 부럽냐?"

"아니야. 너처럼 주먹이 강하면 아무나 와서 얼쩡거리지 못하잖아."

그렇게 해서 민성과 재석은 친구가 되었다. 민성이 억울한 일을 당하면 항상 재석이 쫓아가 주먹으로 해결해주었고, 그 덕에 민성은 어깨를 펼 수 있었다. 그런 민성과 재석에게 주먹을 쓰는 아이들이 접근한 것은 어찌 보면 자연스러운 일이었다.

학교에서 주먹깨나 쓴다는 3반의 훈이가 와서 자신들의 모임에 들어오라고 했다. 그때부터 재석은 그 아이들과 어울렸고, 그로 인해 고등학교에 들어오자마자 소문을 미리 듣고 있던 스톤에 포섭이 된 거였다.

그나마도 학교를 다닐 수 있는 것이 다행이라고 엄마는 늘 말했다.

"어서 고등학교만 졸업해. 고등학교만 졸업하면 엄마도 자유야."

가끔 식당에서 술을 한잔 마시고 올 때면 엄마는 술 냄새 섞인 푸념을 했다.

"에이 씨, 고등학교만 졸업하면 나도 집에 있지 않아."

재석이도 그 꼴이 보기 싫어 반항하듯 말했다.

"저 새끼, 저거 말하는 것 좀 봐. 지 에미 속 썩어나는 것도 모르고……."

"나도 돈 벌 거야. 돈 벌 거라구."

"이 녀석아. 고등학교만 나와서 무슨 돈을 벌어? 대학을 가야지."

"내가 간다면 대학 보내줄 수 있어?"

"네가 간다면야 무슨 수를 써서라도 보내지, 내가 안 보내주겠니?"

"거짓말하지 마. 툭하면 약속 안 지키잖아. 할머니 집에 있을 때도……."

"그 얘기 또 시작이니?"

"엄마가 먼저 시작한 거 아냐? 대학은 무슨 대학이야? 나 같은 놈이……. 다 필요 없어. 내가 왜 가출 안 하는지 알아? 고등학교 때까지만 견디자고 다짐했기 때문이야. 고등학교 졸업하면 끝이야. 그때는 엄마도 안 볼 거고, 아무도 안 봐. 나 혼자 나가 살 거야."

"네까짓 게 뭘 해서 이 험한 세상을 산단 말이야? 이 어리석은 녀석아!"

"왜 못 살아? 아르바이트 해도 되고, 노가다 해도 돼. 지금은 엄마가 할머니 집에 나 버리고 간 것처럼 엄마 버리는 것 같아서 참는 것뿐이야. 고등학교 졸업하는 날로 나 바로 나갈 거야."

"저 새끼 말하는 거 봐. 모진 거 보면 지 애비랑 똑같아 가지고……."

엄마는 말하다 아차 싶었는지 입을 닫았다. 아빠 얘기는 가급적 하지 않는 게 모자간의 불문율이었기 때문이다.

하지만 재석은 잘 모르고 있었다. 나가서 돈을 벌기에는 자신이 아무 준비가 되어 있지 않다는 사실을.

민성이와 장래 문제로 이야기를 나눈 적이 있었다.

"야, 우리 고등학교 졸업하면 뭐 하냐?"

"난 전문대 갈 거야."

"전문대?"

"응. 우리 아빠가 전문대라도 가래. 전문대도 취직 잘되는 데 있댔어. 넌 어떻게 할 거냐?"

"나 돈 벌어야 하는데……."

"네가 돈을 벌어? 우하하하하!"

"왜 웃냐, 이 자식아."

"아냐. 그래 돈 잘 벌어."

"까불고 있어, 씨. 난 동수 형 말처럼 쌍날파엔 안 간다."

동수는 가끔 스톤 멤버들을 모아놓고 먹을 걸 사주곤 했다. 쌍날파의 조직원인 그는 스톤을 관리하고 있었다. 스톤의 아이들은 대개 고등학교를 졸업하면 쌍날파 말단 조직원으로 들어가는 것이 순서였다. 한마디로 스톤은 쌍날파의 상비군인 셈이다.

"재석이 너는 쌍날파에 들어가도 좋을 거 같아. 덩치가 크니까."

"싫어. 나 돈 많이 벌 거야."

"대학도 안 나왔는데 돈을 벌 수 있을 것 같냐?"

"장사하면 돼."

"무슨 돈으로? 요즘은 작은 옷가게 하나 하려고 해도 몇천만 원 있어야 한대."

그 대목에선 말문이 막혔다.

"그, 글쎄."

"야, 장사도 밑천 없는 놈은 못 해. 왜 우리 스톤 애들이 졸업하면 쌍날파로 가는지 아냐? 몸뚱이 가지고 돈 벌 수 있는 곳은 형님들 밑에 가야 있기 때문이야. 멋지지 않냐? 난 키가 작아서 안 되지만."

민성은 사실 키가 너무 작았다. 중학생들한테 맞고 온 이유도 그 작은 키 때문이었다.

"우리 아빠가 전문대학 치기공과 같은 데 가면 좋대."

"치기공과?"

"치과에서 이 때우는 거나 교정하는 거 뭐 그런 재료 만드는 거래."

"뭐? 그럼 CSI 같은 거냐?"

"아니, 그런 건 아니야. 우리 아빠가 그러는데 경기가 아무리 안 좋아도 사람들이 이는 치료한댔어. 돈 잘 번다는데?"

그런 게 있다는 건 재석이도 처음 알았다. 민성은 이렇게 자기 미래를 준비하고 있었다.

뭘 좋아하나 생각하니 자동차 말고는 관심이 없는 자신이 떠올라 난감해지는 재석이었다. 자동차 좋아하는 걸로 할 만한 일은 자동차 판매, 자동차 수리 같은 것밖에 떠오르지 않았다.

"아무튼 나도 돈 벌고야 만다."

"열심히 일해보래. 우리 아빠는 내가 직접 일해봐야 아빠가 돈 버느라구 얼마나 고생하는지 안대. "

작은 슈퍼마켓을 운영하는 민성이 아빠는 무척 현실적이었다. 그에 비하면 재석에게 있어 아빠라는 인간은 가정을 파탄나게 한 뒤 영영 떠나버린 무책임한 인간일 뿐이었다.

재석이 중학교 3학년이던 어느 날, 집에 들어갔을 때 엄마는 울고 있었다.

"엄마, 왜 울어?"

"너희 아빠가 돌아가셨대. 흐흐흐흑!"

뒤통수를 한 대 맞은 느낌이었다.

"너희 아빠 친구를 우연히 길에서 만났는데 작년에 돌아가셨단다."

"엄마한테는 연락도 안 했던 거야?"

모질게 인연을 끊었으니 그런 일이 벌어진 거였다.

그날 저녁 엄마는 초라한 제사상을 차려 놓고 재석에게 절을 하라고 했다. 언제 죽었는지 정확한 날은 모르지만 소식 들은 그날을 제삿날로 알고 제사를 지내야 한다는 거였다. 엄마의 태도가 전에 없이 굳건해 재석은 제사상에 절을 올렸다.

하지만 죽은 아빠에 대한 애틋함이나 그리움 따위는 애초에 있지도 않았다.

남아 있는 것은 엄마가 소중하게 간직하고 있는 아빠의 결혼반지 하나뿐이었다. 다이아몬드가 조그맣게 박혀 있는 두꺼운 금반지. 그것이 엄마가 유일하게 팔지 않고 간직한 아빠와의 추억의 물건이었다. 몸 쓰는 일이라곤 한 번도 해본 적 없다는 부잣집 아들과의 추억.

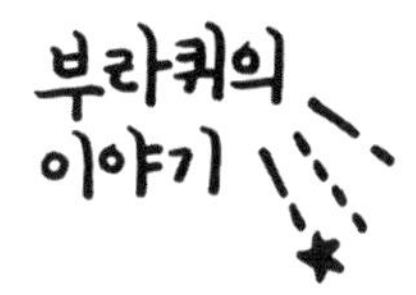

주간보호실에 가면 언제나 일이 넘치도록 기다리고 있었다.

권 선생은 재석과 민성에게 이것저것 잘도 새로운 일거리를 주었다.

그날도 모든 일과를 마치자 기다리던 저녁때가 되었다. 시간을 맞추어 재석과 민성은 복지관 안내실 앞에서 어정거렸다. 곧 올 것 같은 보담이를 보기 위해서였다. 아직 부라퀴는 나오지 않고 있었다.

"야, 오늘 또 올까?"

"오겠지. 만날 할아버지 모시러 온다잖아."

민성이 웃으며 말했다.

"헤헤, 우리 향금이가 그러는데 보담이 콧대가 보통 센 게 아니래. 학교 앞에 한번은 대삐리도 찾아왔었대."

"대삐리?"

"응. 대삐리가 찾아와서 기다리고 있는데 보담이가 나타나니까 친한 척하고 다가갔대."

"그랬는데?"

"다가가서는 보담이를 불렀나봐. 그러니까 보담이가 딱 쳐다보더니 무슨 일이세요? 이랬대. 그래서 그 대삐리가 뻘쭘해 가지고 얼굴이 빨개지더니 그냥 찌그러졌다는 거야. 그래서 대삐리까지 찬 계집애로 유명하다는데?"

그 말을 들은 재석에게는 불끈 투지가 샘솟았다. 이건 마치 스톤 내에서 서열다툼을 하기 위해 '맞장' 뜰 때의 기분과도 흡사했다. 최근의 대결은 스톤의 2학년 짱인 병규와 있었다.

실전 무술인 합기도를 배웠다는 녀석은 맞장 싸움에서 비겁하게 재석의 급소를 주로 공격했다. 주먹을 하나 날려도 폼과 선을 중시하는 재석으로서는 결코 있을 수 없는 일이었다.

"이 씨발새끼가."

병규의 손 날치기가 재석의 목울대를 강타해 숨이 일시 막혔을 때 비로소 재석도 수단과 방법 가릴 거 없이 승부를 결정지어야겠다는 생각이 퍼뜩 들었다. 계속 이어지는 호흡곤란과 기침에도 불구하고 달려들어 병규의 목에 헤드록을 걸 수 있었다.

"어디 너도 한번 당해봐!"

왼손으로 목을 졸라 제압하면서 동시에 몸무게를 실어 쉽게 빠져나가지 못하게 한 뒤 재석은 오른손 검지와 중지로 녀석의 콧구멍을 걸어 잡아 뜯었다.

"아아아!"

비명을 지르던 병규는 급박한 위기를 또 다른 반칙으로 빠져나갔다. 목을 조르는 재석의 팔뚝을 문 거였다.

결국 2학년 짱을 가르는 싸움은 피가 튀는 반칙과 처절한 난투극으로 끝이 났다. 심판을 보는 3학년 짱 기명이 병규의 승리를 선언했다. 콧구멍을 먼저 찢은 게 재석이었다는 거다. 병규는 찢어진 코의 피를 닦으며 그렇게 2학년 짱이 되었다. 그 뒤 둘의 관계엔 미묘한 앙금이 남았다.

'계집애가 그렇게 콧대가 세단 말이지? 어디 얼마나 센지 볼까?'

복지관 건물 뒤에서 담배를 한 대 피우고 있는 동안에도 보담이는 오지 않았다. 대신 복지관 안에서 부라퀴가 먼저 걸어 나오고 있었다. 경사로를 걸어 내려오던 부라퀴와 눈이 마주

치자 재석과 민성은 지레 주눅이 들어 인사를 했다.

"할아버지, 안녕히 가세요."

"그래."

그 말뿐이었다. 그가 복지관 앞 차도로 나갈 때까지 두 녀석은 힐끔힐끔 서로를 쳐다보았다. 그렇지만 보담이는 그 어디에도 보이지 않았다.

그때 승용차가 와서 부라퀴 앞에 섰다. 기사가 내리더니 승용차 뒷문을 열었다. 차에 올라탄 부라퀴는 유유히 사라졌다.

"와, 노인네 차 보면 볼수록 좋단 말이야. 부잔가봐."

다시 한 번 주눅이 드는 재석이었다. 부잣집 딸인 보담이에게 나서기에는 자기 자신이 너무나 초라했던 것이다. 돌고래처럼 미끈한 외제 승용차 앞에서 자신은 그 차를 닦는 걸레만도 못해 보였다.

닭 쫓던 개가 되어 집으로 가는 지하철 안에서 둘은 거의 동시에 문자메시지를 받았다. 병규였다.

✉

오늘 밤 모여라

무슨 일?

술이나 한잔하자

왜

사회봉사 하느라 고생 많다

혼자 문자를 주고받은 민성은 재석의 눈치를 봤다.

"야, 병규가 오라는데 가자."

"싫어. 난 집에 간다."

"그래도……."

"야, 봉사하느라고 뺏골 빠져."

문자를 무시하고 집에 돌아오는 내내 머릿속에서 화사하게 웃는 보담의 얼굴이 떠나질 않았다.

다음 날도 그다음 날도 보담이는 나타나지 않았다. 어찌 된 일인지 알 수가 없었다.

그새 열심히 해서인지 서예실 바닥을 더럽혔던 검은색 페인트 자국은 거의 다 지워졌다. 마지막 페인트 자국까지 지웠을 때 부라퀴가 말했다.

"수고했다."

재석은 깜짝 놀랐다. 부라퀴가 뒤에 와 있는지도 모르고 열심히 페인트를 긁어냈기 때문이다.

"내가 너 며칠 지켜봤는데 열심히 하더구나. 어때? 일하니까 재미있냐? 땀 좀 닦아라."

재석은 손등을 들어 땀을 닦았다. 어느새 이마와 콧등에는 구슬땀이 맺혀 있었다.

"젊은 사람이 제일 보기 좋을 때는 일할 때다. 바닥은 다 됐으니까 저 카텡 좀 떼어다가 빨아라."

"커, 커튼요?"

"응. 저걸 매단 지 10년도 넘었을 것 같은데 한 번도 빤 거 같지가 않다."

군말 없이 재석은 의자를 가져다 커튼을 뗐다. 커튼은 안과 밖이 검은색과 빨간색인 햇빛 차단용 커튼이었다. 아마 이곳은 서예실이기 전에 시청각실로 쓴 모양이었다.

"이거 어떻게 빨아야……?"

권 선생에게 가 방법을 물었다.

"어머, 커튼까지 빨려구? 어르신들 샤워실 있는 데 가면 욕조가 있어. 거기서 빠는 수밖에 없지 뭐."

"세탁기가……?"

"그렇게 큰 거 빠는 세탁기는 없어. 민성이하고 둘이 발로 밟아서 빨아."

커튼을 욕조에 갖다 놓자 그야말로 한 보따리였다. 욕조 서너 개도 모자랄 지경이었다. 다행스럽게도 이곳은 노인들이

한꺼번에 목욕을 하는 곳이어서 그런지 욕조가 컸다. 물을 받아 커튼을 다 담그면서 재석과 민성은 이야기를 나누었다.

"야, 너 웬일로 열심히 해? 보담이한테 잘 보이려고 그러는 거지?"

"웃기지 마, 임마. 힘들어 죽겠어."

"너 그 노인네한테 잘 보여서 보담이 소개받으려는 거 아니냐?"

민성은 집요하게 재석을 놀려댔다.

"아니라니깐."

"근데 너 왜 얼굴이 그렇게 빨개지냐? 푸헤헤헤! 야, 꿈도 꾸지 말래. 향금이가 그러는데 보담이 대단하대. 보담이 짝이 되려면 서울대는 나와야 될 걸? 전교에서 공부도 1,2등이래. 그런 데다가 할아버지 잘 모신다고 효녀로 소문이 자자하다는 거야. 야, 우리 같은 놈들이 어디 꿈이나 꾸겠냐?"

사실 그랬다. 보담과 자신을 비교하니 보담이와 사귄다는 건 말이 되지 않는 것 같았다. 갑자기 속에서 치솟는 울분으로 커튼을 푹팍푹팍 밟자 10년 묵은 때들이 먹물처럼 커튼에서 쏟아져 나왔다.

"아 씨발, 왜 난 만날 이렇게 시커먼 물하고만 인연이 있는 거야? 우와! 정말 더럽다."

둘은 오후 내내 욕조에서 커튼을 빨고 물을 짜서 헹구길 여러 차례 했다. 그리고 전부 내다 널었다. 가루비누를 만진 손은 홧홧하면서 퉁퉁 부었다.

"아, 고무장갑 끼고 했어야 되는데……."

"고무장갑 끼면 일한 거 같지가 않아."

"하기는……."

가을볕은 좋았다. 간간이 부는 바람에 빨래가 휘날리는 걸 보며 재석은 잠시 앉아 휴식을 취했다. 힘든 일을 하고 나서 피우는 담배는 시름을 단번에 날려주는 것만 같았다.

그때 갑자기 창문이 열리더니 부라퀴가 고개를 내밀었다. 담배를 꼬나문 채 정통으로 시선이 마주쳤다. 부라퀴는 말없이 손짓을 했다. 올라오라는 뜻이었다.

"네, 네."

황급히 담배를 끄고 재석은 일어섰다. 서예 지도는 이미 끝이 났는데 왜 서예실로 오라는지 알 수 없었다. 서둘러 올라간 서예실은 커튼을 떼어내 빛이 창문으로 있는 대로 다 들어와 무척 환했다. 노인들은 이미 다 가고 없었다.

"너 서예 안 배워볼래?"

"서, 서예요?"

"그래. 서예는 사람의 마음을 차분하게 가라앉히는 효과가 있지."

부라퀴는 남아서 서예 작업에 몰두하고 있었다. 왼손으로 잡은 붓이 화선지를 찢을 것처럼 힘차게 움직였다.

"내 이 오른손 보이냐?"

자세히 보니 오른손은 사람의 손이 아니었다.

"어, 이건……."

"이게 의수라는 거야."

부라퀴는 팔을 걷어 보였다. 정말 실제 손처럼 만든 정교한 의수였다. 팔에 주름과 털까지 진짜처럼 그려져 있었다.

"모, 몰랐어요. 저는 풍 맞으신 줄……."

"나는 뇌졸중 환자가 아니야."

부라퀴는 이야기를 시작했다. 어차피 그에게 잘 보여야 할 재석인지라 굳이 그 말을 안 듣겠다고 거부할 필요는 없었다. 이렇게 붙잡혀 이야기 들어도 사회봉사 시간은 가는 거였다. 민성이도 함께 앉아 이야기를 들었다.

"다리를 볼래?"

바짓단을 걷어 올리니 다리 역시 정교한 의족이었다.

"독일에 직접 가서 맞춘 거다."

"가, 가격이……."

"몇천만 원 하지."

"근데 왜……?"

팔다리가 없는 부라퀴를 본 둘은 주눅이 바짝 들었다.

"감전사고야. 내가 하던 사업이 전기와 관계가 있었거든. 작업하는데 갑자기 전깃줄이 끊어지면서 내 오른손에 감겼어."

"근데 다리는……."

"오른손으로 전기가 들어와서 오른쪽 다리를 통해서 땅으로 나간 거지. 그러면 손과 발이 전부 다 화상을 입는단다. 그래서 잘랐다. 감전이 그렇게 무서운 거다."

"……."

끔찍했을 고통을 상상하며 둘은 침을 삼켰다.

"오른손이 없어지니 완전히 생활이 엉망이 되었다. 밥도 못 먹고, 잘 걷지도 못하고……. 오른손으로 하던 모든 일을 왼손으로 했다. 어려서부터 우리 집안에서는 서예를 했기 때문에 나는 오른손을 쓸 때 이미 서예가로 인정을 받고 있었지."

부라퀴의 이야기는 계속 이어졌다. 집안이 좋아서 어려서부터 양반 가문의 교육을 받았던 그는 한학에 능했고 부유한 집안 환경에 힘입어 전기, 전자 사업을 친구와 함께 동업으로 시작했다. 사업 역시 집안의 탄탄한 인맥 덕분에 상승가도를 달렸다. 그러던 와중에 그는 감전사고를 당했고, 더 이상 사업을 지속할 수 없었다.

그래서 시작한 것이 서예였는데, 이미 오른손으로도 잘하던 서예를 왼손으로 하게 되자 모든 것을 처음부터 다시 시작해야 했다.

"기역 니은부터 다시 쓰면서 왼손으로 연습을 했다. 오른손으로 쓰던 걸 왼손으로 바꾼다는 게 얼마나 고통스러운 일이었는지 몰라."

"하지만 지금은 저렇게 잘 쓰시잖아요."

민성이 고개를 갸웃하며 말했다.

"구성궁체부터 왕희지체까지 내가 이걸 숙달하는 데 오랜 시간이 걸렸어."

놀라운 일이었다.

"노력이 천재를 만든다고 하는 말이 있지?"

"예."

"그게 바로 내 얘기야. 내가 이 왼손으로 서예를 해 가지고 서예 대전에도 나가고 입상한 적도 여러 번 있단다."

"대단하세요."

"요즘은 컴퓨터도 하고 있다."

부라퀴의 그 엄청난 의지와 날카로운 눈빛, 그것은 재석과 민성을 다시 한 번 주눅 들게 했다.

"너희들은 어쩌다 여기에 왔냐?"

"저 그게……."

둘은 뒤통수를 긁었다.

"말해봐."

민성이 먼저 나섰다.

"할아버지. 얘는요, 사실 여기 올 애가 아니고 저 때문에 잘못 왔어요."

"그래?"

민성은 재석이 억울하게 사건에 말려들어 사회봉사 하러 오게 된 자초지종을 설명했다.

"젊은 때는 그럴 수도 있다. 나도 젊어서는 공수도空手道를 해서 주먹으로는 결코 누구에게도 지지 않는 사람이었어. 주먹질도 하고 싸울 수도 있지만 쩨쩨하게 중학생들 상대로 그게 뭐냐? 창피한 줄 알아야지. 보아하니 너희 덩치도 크고 잘 생겼는데 시시한 데다 시간을 낭비할 거냐?"

그 대목에서는 둘 다 딱히 할 말이 없었다.

"아, 아니오."

"그래, 그래도 사회봉사 와서 불편한 사람들을 보니까 어때? 너희들이 얼마나 행복한지 조금은 알겠지?"

"예, 조금요."

"사람은 자기가 가지고 있는 것들이 얼마나 소중한지 잘 모른다. 그것을 잃어버리고 나서야 그때가 행복했다는 걸 알지. 너희는 사지육신 멀쩡하다는 게 얼마나 큰 힘이고 든든한 밑천인지 모를 거다. 나도 너희 둘처럼 좋은 친구가 있었는데……. 젊을 때 시간을 낭비해선 안 돼. 늙어 봐라. 젊을 때로 돌아갈 수만 있다면 아마 영혼도 팔려고 할 거다."

잘 와 닿지 않는 이야기였지만 어렴풋이 무슨 뜻인지 짐작은 할 수 있었다.

쌍날파 동수 형의 말에 의하면 한 오른손 칼잡이가 손에 무리가 와서 못 쓰게 되자 악착같이 왼손으로 연습해 유명한 칼잡이가 된 경우도 있다고 했다. 물론 그 과정을 딛고 극복하기 위해 얼마나 많은 노력을 했는지는 짐작도 할 수 없었다.

"너는 그래서 어떻게 살고 싶어?"

부라퀴가 민성에게 물었다.

"저는 치기공 배우러 전문대학 가려구요."

"그래, 그거 좋은 거야. 우리나라 인구가 오천만이고 그 오천만 명이 다 이를 가지고 있지. 이에 문제가 있으면 치료를 받아야 하니까 좋지. 그리고 너는?"

부라퀴의 날카로운 눈빛이 재석을 향했다.

"저는 그냥 돈 벌어서……."

"돈 벌어? 어떻게 해서……."

"뭐든지……."

"그래? 돈 벌 준비가 되어 있는지 한번 물어볼까?"

"네?"

돈 벌 준비를 했는지 알 수 있는 방법도 있는 모양이었다.

"어떠냐. 너 약속은 잘 지키냐?"

"그, 글쎄요."

"얼굴 표정은 왜 이렇게 어두워? 얼굴 표정이 밝지 않으면 성공할 수 없다."

"……."

"아침엔 일찍 일어나나?"

"……."

"아침에 일찍 일어나지도 않는 것 같고……. 그러면 매일매일 생활계획표는 쓰고 있나? 꿈과 목표가 있어? 그걸 써서 벽에 붙였어?"

"부, 붙여요?"

"벽에다가 꿈을 써서 붙여야 성공하고 이룰 수 있다는 거 몰라?"

"못 들어봤는데요. 그런 말은……."

"오늘 당장이라도 너의 꿈과 목표를 써서 붙여. 막연하게 열심히 일하겠다는 거는 아무 목표가 없다는 거나 마찬가지다. 너희 언제까지 사회봉사를 해야 되지?"

"다음 주 금요일까지요."

"음, 지금까지 게으르고 나태했던 모습을 바꾸는 계기가 될 거다."

재석과 민성은 쭈뼛거리며 서예실을 나왔다. 부라퀴가 한 말들이 하나하나 폐부에 아프게 꽂혔다.

아무튼 내일이면 금요일이었다. 어쩌다 보니 일주일이 금세 갔다. 재석과 민성에게는 그 사실이 중요했다.

"너희 이따가 집에 가지 말고 안내실 앞에서 좀 기다려라."

복지관에 의료봉사 행사가 있어 오전 내내 바쁜 금요일이었다. 오후에 약간의 여유가 있을 때 복도에서 마주친 부라퀴가 등 뒤에서 재석과 민성에게 말했다.

"네? 왜요?"

민성이 물었다.

"잔말 말고 기다려. 내가 우리 손녀딸을 소개해줄 테니까."

그 말에 재석과 민성은 놀라 자빠질 뻔했다.

"너희하고 같은 학년이다. 이따 나 데리러 오면 그때 소개

해주마.”

부라퀴가 이렇게 일방적으로 선언하듯 말하고 서예실로 들어가자 민성이 갑자기 허공에 뛰어 오르며 괴성을 질렀다.

“오 마이 갓! 드디어 내가 금안여고 얼짱을 소개받다니!”

재석도 뭔가 말해야 할 것 같지만 할 말이 없었다. 가슴만 거세게 뛰고 있었기 때문이다. 한번 꼭 말 걸어보고 싶었던 보담이를 이렇게 갑자기 만날 줄은 정말 몰랐다.

“야, 얼짱이랑 사진 한번 같이 찍으면 좋을 텐데…….”

핸드폰을 꺼내 주무르며 민성은 말했다.

“자식아, 걔가 무슨 연예인이냐? 창피하게…….”

“그래도 임마. 걔랑 사진 찍어서 학교 가져가 봐라. 간지 팍팍 날 거 아냐? 우와, 어떻게 해야 되지? 큰일 났네.”

민성은 화장실에 가서 세수를 하고 머리에 물을 적시며 호들갑을 떨었다. 재석도 신경이 아주 안 쓰이는 것은 아니었다. 화장실 거울에 얼굴 한번 더 들여다보고 복지관 직원들 흉내 내서 갖다 놓은 칫솔로 이빨을 한 번 더 닦았다.

이윽고 복지관 업무가 끝나 직원들이 퇴근할 무렵이 되었다. 안내실 앞에서 얼쩡거리는데 민성이 말했다.

“야, 긴장된다, 긴장돼. 어쩌면 좋냐?”

“이 자식 열나 떨기는…….”

하지만 재석 역시 긴장되기는 마찬가지였다.

그때였다. 전에 봤던 승용차가 복지관 앞에 와서 섰다. 문이 열리며 자주색 교복을 입은 보담이 차에서 내렸다. 그녀를 보는 순간 재석과 민성은 다시금 숨이 막히는 것 같았다. 왜 볼 때마다 예쁜 여자들은 사람을 얼어붙게 만드는지 알 수가 없었다. 상큼하게 복지관 안으로 걸어오는 보담을 지켜보는 그 짧은 순간이 영원 같았다.

"할아버지!"

보담이 둘의 등 너머를 보고 반색을 했다. 어느새 부라퀴가 내려와 있었던 것이다.

"오냐."

부라퀴는 보담이와 팔짱을 끼고 입구로 나오면서 말했다.

"인사해라. 얘들은 자원봉사 온 아이들이다."

갑자기 홍두깨라도 들이대듯 부라퀴가 둘을 보담에게 소개했다.

"안녕하세요?"

목소리도 예뻤다. 신은 왜 이렇게 외모만이 아니라 목소리까지 곱게 인간을 만들었나 싶어 재석은 미칠 것만 같았다.

"아, 안녕하세요? 저 알아요."

민성이 선수를 쳤다.

"네?"

"금안여고 얼짱이시잖아요. 와, 이거 영광입니다. 정말 반갑습니다."

"호호호호!"

녀석의 밉지 않은 수선스러운 태도에 보담은 예쁘게 웃었다.

"제 친구가 그 학교 다니거든요."

"어머, 그래요? 누군데요"

"문향금이라고요."

"어머, 향금이. 1학년 때 우리 반이었어요."

"네 그렇다 하더라구요. 반갑습니다. 영광이에요."

그때 지켜보던 부라퀴가 끼어들었다.

"이 녀석들 존댓말 할 줄은 아는구나. 자, 이쪽은 재석이, 덩치 크고 남자답게 잘생겼지?"

그 얘길 듣는 순간 재석은 얼굴이 붉어졌다.

"아, 안녕하……?"

"안녕하세요?"

스스럼없이 밝고 구김살 없는 보담의 얼굴을 정면으로 본 건 처음이었다. 이 세상의 모든 번뇌와 고통으로부터 자유로운 얼굴이 있다면 바로 그건 보담의 얼굴이었다.

"이 녀석 별명은 내가 두리안이라고 지었다. 너하고 알고 지내라고 오늘 가지 말고 기다리라고 했다. 얘네는 자원봉사 오는 아주 훌륭한 아이들이야. 노인들을 아주 많이 도와준다."

"어머, 그래요?"

"특히 두리안 이 녀석은 우리 서예실 10년 묵은 카텡을 다 빨고 바닥을 다 청소했다."

그 얘길 듣는 순간 재석은 어제 커튼을 빨아 널어두기만 하고 걸어다 다시 달지 않은 것이 생각났다.

"아차, 커튼!"

"맞다!"

둘은 허둥지둥 뛰어서 건물 뒤로 돌아갔다.

"아 얘기 좀 더 했어야 되는데……. 보담이 갔겠다. 아이씨."

"커튼 생각을 왜 못했지?"

"그러게 말이야."

커튼을 걷어서 서예실로 달려갔지만 서예실 문은 잠겨 있었다. 경비실에서 키를 받아다 둘은 커튼을 새로 걸었다. 마음은 급했지만 이미 보담이는 갔을 것이 분명했다. 허둥대며 치밀하지 못한 모습을 보여주었으니 쥐구멍이 있으면 들어

가고 싶은 심정이었다.

그래도 새로 빤 커튼을 달자 향긋한 세제 냄새가 솔솔 풍기는 것이 기분 좋았다.

"야, 그래도 빨아놓으니까 괜찮다."

"그래. 좋아졌다."

"까만 커튼 빨아봐야 까만색인데."

"그러게……."

"가자 이제. 그래도 오늘 보담이 만나니까 기분 짱이다. 다음엔 보담이하고 사진 찍게 해달라고 할아버지한테 얘기해야지."

"그만 해라, 그만 해."

"왜? 얼짱하고 사진 찍는 게 요즘 추세야, 추세. 아, 내가 얼짱을 만나서 얘기 나누다니."

민성의 주책은 정말 말릴 수가 없었다.

둘이 보담이 얘기를 나누며 복지관을 빠져나왔을 때였다. 길가에 정차하고 있던 검은 승용차에서 경음기 소리가 났다. 고개를 돌리자 검은 차창이 스르르 내려가더니 부라퀴가 밖을 보며 말했다.

"한심한 녀석들 같으니. 차에 타라. 너희들 올 때까지 기다렸다."

"저, 정말요?"

"그래. 할아버지가 밥 사주마."

"우와!"

둘은 허둥지둥 달려갔다. 덩치 큰 재석은 조수석에, 민성은 뒷자리에 앉았다. 부라퀴가 가운데로 자리를 옮겨 앉자 상석에 앉게 된 것이다. 보담이는 자연스럽게 창가 쪽으로 밀려 앉게 되었다.

"할아버지, 여기는 사장님 자리인데요?"

"괜찮아, 주인이 허락했으니까."

차 안에는 고급스러운 향내가 났다.

"김 기사. 애들이 좋아하는 데로 가."

"어디로 갈까요?"

보담이가 나서서 결정을 했다.

"아저씨, 그러면요. 우리가 자주 가는 반즈."

"반즈, 알았습니다."

반즈는 말로만 듣던 유명한 패밀리 레스토랑이었다. 재석과 민성은 소리라도 지르고 싶은 심정이었다. 한 번도 가본 적 없는 고급 레스토랑에 가게 되다니. 그 사실이 둘은 꿈만 같았다.

"보담아, 애네들 아주 훌륭한 학생들이다."

"그런 것 같아요."

부라퀴는 어쩐 일로 재석과 민성에 대한 칭찬을 했다.

"저, 저기요."

그때 민성이가 고개를 돌려 보담을 보며 말했다.

"네?"

"저 사진 한 장만 찍으면 안 돼요?"

"사진이오?"

"네. 금안여고 얼짱이라고 얘기 들었거든요. 사진 한 장만 찍게 해주세요. 저는 얼짱 사진 한 장도 없거든요."

"하하하하!"

부라퀴가 크게 웃었다. 운전하는 김 기사도 풋 하고 웃음을 토해냈다.

"보담아, 소원이라니 사진 한 장 찍혀줘라."

"아이, 할아버지."

보담이는 수줍어했다.

"괜찮아. 얼짱이 요즘은 뭐 유행하는 거라면서?"

기다렸다는 듯 민성이 끼어들었다.

"네, 맞아요. 할아버지. 제가 이거 절대로 인터넷에 유포 안 할게요. 저 혼자만 볼 거예요."

더 이상 보담이가 말 없는 것을 보고 민성은 핸드폰을 들이

밀었다. 입을 가리며 부끄러운 듯이 고개를 살짝 숙이는 모습을 놓치지 않고 찍어댔다.

"그만 하세요."

연이어 찍으려 하자 보담이가 말했다.

"아, 고맙습니다."

찍은 사진을 다시 보며 민성은 주책을 떨었다.

"으아, 정말 예뻐요."

재석은 갑자기 얼굴이 붉어졌다.

"너는 안 찍냐?"

부라퀴의 물음에 재석은 고개를 돌려 대답했다.

"아, 아뇨."

"녀석, 덩치는 곰 같아 가지고……."

반즈에 들어서자 지배인이 달려 나왔다.

"아유, 회장님 오셨습니까?"

"오랜만이야."

"이쪽으로 오십시오. 룸으로 모시겠습니다."

번잡한 레스토랑이었지만 조그만 룸이 있었다. 룸으로 들어가 자리를 잡자 테이블 위에 메뉴판이 깔렸다. 재석과 민성은 뭘 시켜야 할지 몰랐다. 한 번도 이런 고급 레스토랑에 와 본 적이 없었기 때문이다.

"보담아, 네가 시켜줘라."

보담이는 능숙하게 두꺼운 메뉴판을 이리저리 넘기며 이것 저것 음식을 시켰다.

"고기 좋아해요?"

"네."

둘은 거의 동시에 대답했다.

"그럼, 안심스테이크로 해요. 이 집 안심스테이크가 아주 맛있어요."

다른 의견이 있을 리 없었다.

꿈인지 생신지 알 수가 없어 재석은 목이 타들어가는 것만 같았다. 대화를 하면서 스테이크를 먹는데 고기가 코로 들어 가는지 입으로 들어가는지도 몰랐다. 맛은 물론 알 길이 없었다.

부라퀴가 말했다.

"사내 녀석들과 밥을 먹으니까 참 기분이 좋구나. 젊어지는 것 같아. 많이들 먹어."

"네, 고맙습니다."

재석은 부끄러워 보담이 옆에서 말도 제대로 못했다.

"그래, 너희는 봉사 끝나면 어떻게 살 생각이냐? 뭐 느끼는 거 없었냐?"

식사가 어느 정도 마무리되자 디저트로 커피를 마시며 부라퀴는 말문을 열었다. 그의 주 관심사는 언제나 인생살이인 것 같았다.

“저는요, 그냥 열심히 돈 많이 벌어서 집 사고…….”

민성의 대답이었다.

“그래 너는?”

이번엔 재석에게 물었다.

“글쎄요? 저는 그냥…… 어머니 고생 좀 덜…….”

“그래. 녀석 효자로구나.”

부라퀴가 말했다.

“효자는 귀한 거야. 너희 우리 보담이하고 친구로 지내고 싶지 않니?”

민성은 적극적으로 나섰다.

“네. 친구 되고 싶어요. 전 이미 보담이 친구하고 친구예요. 향금이라고요.”

“하하하 그래? 보담아, 이 친구들 건전하게 사귀어볼 마음 있어?”

“할아버지 무슨 말씀이세요? 저 빨리 학원 가봐야 돼요.”

“음, 학원도 좋지만 좋은 남자친구와 서로 이야기 나누면서 성장하는 것도 중요하지.”

부라퀴는 뭔가 생각하더니 말했다.

"너희 내 손녀와 친하게 지내려면 조건이 있다."

"네? 조, 조건이오?"

"그래. 조건."

"그, 그게 뭔데요?"

재석은 이게 또 무슨 엉뚱한 소리인가 싶었지만 조용히 들었다.

"너희가 성실하고 선량한 학생이 되기만 하면 된다. 그러면 내가 우리 손녀딸과 사귀도록 허락해주마."

"네? 그거 어떻게 하는 건데요?"

민성이 바짝 다가앉으며 물었다.

"그건 별것 아니기도 하지만 어려운 거지."

"네……."

"당장 할 수 있는 건 먼저 담배를 끊는 거다."

둘은 얼굴이 붉어졌다.

"전에 보니 너희들 공익요원 놈들하고 같이 앉아서 담배질이더구나."

부라퀴는 엄한 얼굴로 말했다.

"담배는 마약보다 더 나쁜 거다. 끊지 못하면 내 손녀와 친구가 될 수 없다. 담배가 얼마나 나쁜 건지 알기나 하냐?"

"……."

재석은 대답을 못했다. 그러자 민성이 눈치를 살피다 말문을 열었다.

"폐암에 걸린대요."

"그래. 하루에 담배 한 갑을 피우면 피우지 않는 사람보다 폐암 발생률이 여섯 배란다. 어디 그뿐인 줄 아냐? 너희처럼 어린 나이에 피우기 시작하면 나중에 피운 사람보다 폐암 발생률이 다섯 배가 높아. 폐가 아직 완성되지 않은 시기에는 담배 연기가 폐에 들어가기 때문이야. 그러니 너희는 오 곱하기 육, 삼십 배나 폐암에 걸릴 확률이 높은 거다."

부라퀴는 아주 부드러운 목소리로 흡연의 폐해에 대해 으름장을 놓았다. 심장근육에 문제가 생겨 협심증에 걸리고, 뇌출혈 가능성이 크고, 위에도 나쁘며, 심지어는 불임이 될 수도 있다는 식으로 말을 이어 나갔다. 담배 연기 안에 16종류 이상의 발암물질이 함유되어 있다는 말이 이어질 때 보담이가 말했다.

"할아버지, 그만 하세요. 애들이 질렸잖아요."

사실이었다. 재석과 민성은 막연히 흡연이 나쁘다는 것만 알았지, 이렇게 구체적인 수치까지 들어가며 그 해악에 대해 접해본 적이 없었다.

"좋아. 그리고 또 하나는 일찍 자고 일찍 일어나는 거다. 게임이나 하고, 쓸데없이 텔레비전이나 보면서 늦게 자고 늦게 일어나면 인생에서 그만큼 처지는 거다."

그건 조금만 노력하면 해볼 만하다는 생각이 들었다. 안 그래도 낮의 일이 고되어 집에 가기만 하면 이내 곯아떨어지는 요즘이었다.

"일찍 자고 일찍 일어나는 사람은 항상 여유 있게 살지만 늦게 자고 늦게 일어나는 사람은 항상 바쁘게 산다. 게다가 일찍 일어나는 사람은 건강해서 늘 의욕이 넘치지. 그런데 늦게 일어나는 사람은 늘 피곤한 기색으로 살게 되어 있어. 이건 할 수 있겠냐?"

"네. 그거는 잘할 수 있을 것 같아요."

"해볼 수 있을 것……."

재석과 민성, 둘은 거의 동시에 대답했다.

"일찍 자고 일찍 일어나면 신진대사가 활발해진다. 이 신진대사는 아침에 시작되어서 저녁에 가장 높아지거든. 이게 활발한 사람은 많이 먹어도 살이 안 쪄. 그런데 늦게 일어나는 사람은 신진대사율이 낮아서 살이 잘 안 빠진다. 그리고 성장호르몬은 잠을 일찍 자야 많이 분비되는데 너는 키가 안 큰 걸 보니 분명히 일찍 안 자는 것 같다."

자신을 지목하며 말하자 민성이 볼멘소리를 했다.

"아녜요. 우리 아빠가 그러시는데 남자는 스물네 살까지 큰대요."

"그러니까 지금부터라도 일찍 자고 일찍 일어나야 키가 크는 거야."

"그럼 재석이는 이미 컸으니까 안 그래도 되네요."

"이 녀석아, 성장호르몬은 꼭 키 크는 데에만 도움이 되는 게 아니야. 몸이 다 크고 나면 체지방을 분해하고, 근육량을 늘려준단 말이야. 그러니 늦게 자면 이런 효과가 없어. 아침에 일어나 맑은 정신으로 공부를 해봐라. 얼마나 머리에 쏙쏙 잘 들어오는데."

재석과 민성은 부라퀴의 말을 귀에 담아 들었다. 부라퀴는 결코 다른 노인들처럼 자신의 이야기를 길게 반복해서 하지 않았다. 간단간단하게 요점만 집어 말해서 참고 들을 만했다.

"저희도 한번 해볼게요. 담배 끊고 일찍 자고 일찍 일어나면 되는 거죠?"

민성의 대답을 듣고 나서 부라퀴는 고개를 끄덕였다.

"두리안, 너도 알았냐?"

"네. 열심히……."

"너는 보니까 말버릇이 이상하더구나. 말꼬리를 흐리고 마무리를 못해."

재석은 얼굴이 확 달아올랐다.

"어른들에게 말할 때는 분명하게 말을 마무리해야지. 말꼬리를 삼키면 자신감 없는 비겁자로 보인다."

"네. 앞으로……."

"저것 봐. 말꼬리 또……. 다시 말해봐."

"앞으로 열심히 노력하겠습니다."

재석은 애써 한 문장을 완성해 대답했다.

"좋아. 그럼 오늘부터 담배 끊는 것과 일찍 자고 일찍 일어나는 것을 해보도록 해."

꿈과 같은 저녁식사가 끝나고 둘은 대성역에 내렸다.

승용차가 떠난 뒤 민성은 말했다.

"야, 이게 꿈이냐 생시냐! 향금이한테 말해야지! 으아아, 이 사진 봐. 얘는 완전 탤런트 아니냐? 탤런트……. 사진 메일로 쏠 테니까 잘 봐봐."

이윽고 재석의 핸드폰에도 보담의 사진이 살포시 내려앉았다.

"이야, 이거 인터넷에 올려야 되는데……. 아참, 안 올린다고 약속을 했으니 이거 참 미치겠네. 정말 대박인데."

민성은 계속 핸드폰 액정 화면만 들여다보고 있었다.

"야, 향금이는 그야말로 춘향이 앞의 향단이네."

두 아이의 사진을 번갈아 보며 민성은 킬킬댔다.

"그렇게 뚫어지게 쳐다보다 눈 삐겠다, 삐겠어."

말은 그렇게 하지만 아까 반즈에서 살포시 웃으며 쳐다보던 보담의 예쁜 얼굴이 쉽게 잊히지 않는 재석이었다.

'정말 담배 끊고 일찍 자고 일찍 일어나면 사귀게 해줄까. 그런데 왜 그러라는 거지?'

그날 밤 집에 들어간 재석은 씻고 잠자리에 누웠다. 시간을 지체해 벌써 10시 가까이 되었다.

"어머, 너 웬일이니?"

"자려고……."

"왜? 몸이 안 좋아?"

"아냐. 그냥 일찍 자고 일찍 일어날까 해서."

"정말이니 너? 해가 서쪽에서 뜨겠다. 복지관에 가더니 애가 변했네."

"아, 불이나 좀 꺼줘. 오늘 하루 종일 일했더니 피곤해."

"알았어. 어서 자."

엄마는 불을 끄고 나갔다.

안 그래도 다리가 욱신욱신 쑤시고 팔다리가 아팠다. 복지관 일은 늘 쓰지 않던 근육을 움직이게 만들었기 때문이다.

잠을 청했지만 눈앞에서 보담의 웃는 얼굴이 아른거려 잠이 오지 않았다. 보담이와 사귈 수 있다면 얼마나 좋을까.

하지만 자신의 처지를 생각하면 한심했다. 아빠도 없고 엄마와 함께 이 가난한 어두운 반지하방에 사는 것이 자신의 현실이었기 때문이다.

"아, 씨발! 짜증 나!"

돌아누우며 끙 신음처럼 내뱉고 이내 재석은 잠이 들었다.

데미안

담배를 끊으라는 부라퀴의 당부는 그 어떠한 말보다도 강력하게 재석을 규제했다. 어느새 인이 박힌 담배를 단번에 끊는다는 건 결코 쉬운 일이 아니었지만 그러지 않으면 보담이와의 만남도 이어지기 어렵다는 것만은 분명한 사실이었다.

벌써 사흘째 재석은 담배를 피우지 않고 있었다. 담배 생각이 날 때마다 주머니에 넣어둔 사탕이나 껌을 입에 넣었다. 하지만 멍해지면서 온몸이 당기는 니코틴의 유혹은 결코 쉽게 이길 수 있는 게 아니었다.

"아, 죽겠다."

점심을 먹고 나자 또다시 담배가 당겼다. 한 대를 피워 물어야만 소화가 될 것 같은 느낌이었다.

"야, 그러니까 피워."

보란 듯이 민성은 담배를 피웠다. 공익요원들과도 이제는 스스럼없이 담배를 나눠 피우는 사이가 되었다.

"담배 빨리 끊는 게 좋다, 니들."

"나도 이거 괜히 배워 가지고 끊질 못하잖냐? 초기에 빨리 끊어."

공익요원들은 낄낄대며 한마디씩 했다. 하지만 그 말속에는 자신은 언제 끊을지 알 수 없다는 조소가 담겨 있었다.

금단현상은 며칠 지나면 없어진다지만 견디기가 힘들었다. 소화가 잘 안 되며 뱃속이 늘 더부룩했다. 게다가 집중력이 떨어지면서 두통도 오고, 입 안도 따끔따끔했다. 잔기침도 나고 피부까지도 스멀스멀하는 게 정말 견디기 힘들었다.

과감히 담배 끊는 모습을 보여줌으로써 부라퀴에게 자신이 의지가 있음을 알려주고 싶은 재석으로서는 고통스러운 시간의 연속이었다.

서예실 일은 이제 거의 없었다. 대신 다른 일들이 기다리고 있었다. 페인트칠에 동원되기도 하고, 행사에 불려가 온갖 허드렛일을 하기도 했다. 청소는 기본이었고 쓰레기 분리수거에서부터 잡초 제거 같은 일은 모두 다 재석과 민성의 몫이었다. 심지어는 공익요원 밑에서 그들의 심부름까지 해야 했다. 복지관 곳곳에 부라퀴의 눈길이 닿아 있는 것 같아 재석은 꾹 눌러 참으며 주어진 일을 해야만 했다.

서예실에는 오후에 한 번 들러 청소를 하고 서예도구들을 정리했다. 커튼을 빨고 바닥을 깨끗이 치워서인지 서예실은 전보다 훨씬 깔끔해 보였다.

부라퀴는 서예전에 출품한다며 왼손으로 금강경을 한 자씩 심혈을 기울여 쓰고 있었다. 지켜보고 있노라면 그 힘찬 손의 놀림은 종이를 뚫고 밑에 있는 탁자까지 구멍 낼 것 같았다. 붓글씨의 묘한 매력에 재석은 빠져 들었다.

"와, 저 노인네가 오른손을 다치고 왼손으로 저렇게 잘 쓰게 됐단 말야? 대단하다. 얼마나 노력을 했을까?"

민성이 쳐다보며 말을 했다.

"글쎄 말야. 상상도 할 수 없어."

의식적으로 재석은 말꼬리를 흐리지 않으려고 애썼다. 부라퀴의 지적 때문이었다.

둘은 식당에서 밥을 먹으며 왼손으로 젓가락질을 해보려 했지만 도저히 감이 잡히지 않았다. 쓰지 않던 근육을 쓰면서 젓가락질을 익숙하게 할 수 있게 되기까지는 얼마나 큰 어려움이 있는지 알 것 같았다.

“야, 이거는 웬만해선 할 수 있는 일이 아니야.”

떨어지는 밥알을 보며 왼손에 수저를 쥔 민성과 재석은 혀를 내둘렀다.

일요일 저녁 재석은 벽에다가도 자신의 뜻과 생각을 써서 붙였다.

‘대학을 한번 가보자’

그걸 보고 엄마는 기뻐했다.

“그래 대학을 한번 가봐. 엄마가 어떤 일이 있어도 도와줄 거니까.”

“내가 벌어서 내가 갈 거니까 엄마는 신경 꺼.”

머쓱해진 재석이 퉁명스럽게 받았다.

“그래그래. 어쨌든 네가 대학을 간다고 하니까 좋다.”

민성이처럼 치기공과는 아니어도 재석은 자동차정비학과에 가기로 목표를 정했다.

“그래 자동차정비학과를 나와서 카센터를 하나 차리는 거야. 그러면 자동차도 실컷 탈 수 있고, 돈도 잘 번다던데 해볼 만하지 않겠어?”

갑자기 꿈을 정하자 재석은 마음이 급해졌다. 밀렸던 공부도 해야 할 것 같고, 학교에 돌아가면 다시 마음을 잡아야만 할 것 같았다.

이렇게 되는 데에는 보담이와의 만남이 기여한 바 컸다.

“저기 말야. 우리 언제 일요일에 놀이공원 안 갈래?”

“놀이공원?”

“응. 내가 향금이한테 가자고 할 거야.”

“놀이공원 가본 지 정말 오래 됐다.”

“내가 할아버지한테 보담이랑 가겠다고 허락받을게. 한번 가자. 너도 갈 거지?”

생각해보니 보담이와 함께 놀이공원에 갈 수 있다면 정말 좋을 것 같았다.

다음 날 저녁 부라퀴가 서예실에서 나오자 늘 그렇듯 보담이가 그를 부축해 걸어오고 있었다. 민성이 다가가 변죽 좋게 말했다.

“할아버지, 저희 이번 주 일요일에 보담이랑 놀이공원 같이 가면 안 돼요?”

“놀이공원?”

부라퀴는 잠시 생각하더니 보담을 보고 물었다.

“보담이 너는?”

보담이는 배시시 웃었다.

"가려무나. 너희끼리 한번……."

의외로 부라퀴가 선선히 허락하자 재석과 민성의 얼굴이 환해졌다.

"할아버지 정말이죠?"

"그래 너희가 조금씩 진심으로 봉사하는 마음이 생기는 거 같아서 내가 허락하는 거다."

"감사합니다. 잘할게요."

승용차 차창 안에서 손을 흔드는 보담의 모습만 보아도 재석의 마음은 한없이 편안하고 흐뭇해졌다.

"보담이는 생긴 것도 예쁘지만 마음씨도 착하단 말야."

"야, 너는 향금이 생각이나 해, 임마."

"내가 너하고 보담이 엮어주려고 중간에서 쇼하는 거 모르냐? 그러면서 우리가 같이 놀면 죽이는 거 아니냐. 게다가 부라퀴한테 내가 허락까지 받았잖냐. 그러니까 너 나한테 뭐 사 줘야지. 안 그러냐?"

"사주기는 뭘 사줘?"

"아무튼 이번 주 일요일 신나겠다. 이렇게 재미나는 일이 있을 줄 누가 알았겠냐?"

일요일이면 이미 사회봉사가 끝나는 날이었다. 보름간의 사회봉사를 마치고 월요일이면 학교로 돌아가야 했다.

"그나저나 병규가 너 저번에 문자 씹었다고 뭐라고 막 그러더라."

"왜?"

"자기가 술 사 준댔는데 안 나왔다고. 야, 너 정말 그래도 괜찮겠어? 스톤에서 우리 신경 쓰고 있어."

"신경 쓰는 건 알겠는데 어떻게 나가냐? 피곤한데. 너도 알잖아. 여기서 정신없이 잡아 돌리잖아."

"하긴 그렇지."

부라퀴는 보담이가 오면 10분씩 20분씩 대화를 나눌 수 있게 일부러 서예실에서 늦게 내려왔다. 그 시간은 보담이와 민성이, 그리고 재석이 담소를 나누는 시간이었다.

그렇지만 공부 잘하는 보담과 둘의 대화 수준은 질적으로 차이가 났다.

"책 많이 읽어?"

"책? 응 만화책 많이 읽지. 후후."

민성은 또 실없는 소리를 했다. 어느새 말을 놓게 되었지만 이런 격조 있는 대화에는 영 익숙하지 않았다.

최근에 책을 읽어본 적이 없었던 재석으로서는 부끄러웠다. 한 권쯤 책을 읽어서 보담이와 함께 대화를 나눴으면 좋았을 텐데 하는 생각이 들었다. 책을 읽지 않은 것에 대한 후회가 쓰나미처럼 밀려왔다.

"너는 책 많이 읽니?"

"응 시간 날 때마다 읽으려고 해. 어렸을 땐 많이 읽었는데 크니까 시간이 없네. 대학 들어가면 또 많이 읽을 거야."

"무슨 책이 재미있는데? 한 권만 권해줘."

"글쎄, 나는《데미안》을 재미있게 읽었는데."

"하하하, 크게 미안하다는 게 대미안이냐?"

민성이가 웃으며 배를 잡았다. 그 얘기를 듣고 보담은 피식 웃었다.

"독일작가 헤르만 헤세가 쓴 작품이야. 도서관에 가면 있을 거야. 유명한 책이어서……."

"그래?"

재석은《데미안》을 머릿속에 깊게 새겨두었다. 꼭 구해 읽어볼 생각이었다. 워낙 공부를 하지 않고 아는 게 없다 보니 박학한 보담이와 대화 자체가 잘 되지 않았다.

"그 책은 선과 악의 기준은 사람이 정하는 거라는 새로운 깨달음을 줘. 싱클레어라는 주인공이 전학 온 데미안을 만나는데 바로 이 데미안이 싱클레어의 갈등과 고통을 벗어나게 해주거든. 한 번도 싱클레어가 의심해본 적이 없는 카인과 아벨이나 예수님이 십자가에 매달릴 때 옆에 있던 도둑을 전혀 다르게 바라볼 수 있다는 걸 알려줘."

"카인이 형인데 동생 죽인 거 아냐?"

외할머니와 살 때 동네 교회 주일학교에서 들은 기억이 나서 재석이 물었다.

"응. 카인은 살인자가 아니라 강인한 내적인 힘을 갖고 신으로부터 독립한 사람일 수도 있다는 거지. 십자가 위의 도둑 가운데 한 도둑은 끝까지 버텨서 자신의 내면에 충실했다고 보는 거야. 그러니까 선한 것과 악한 것만으로 이 세상을 단순하게 바라볼 수는 없어."

민성과 재석은 보담의 말을 도무지 알아들을 수가 없었다. 일단 데미안을 읽지 않았기 때문이기도 했지만 보담의 언어 구사력은 그들이 따라잡을 수 있는 수준이 아니었다.

"이때 데미안이 싱클레어에게 편지를 보냈는데 이렇게 쓰여 있었어. '새는 알을 뚫고 나오기 위해 싸운다. 알은 세계다. 태어나려는 자는 하나의 세계를 깨뜨려야 한다. 알을 뚫고 나온 새는 신에게로 날아간다. 신의 이름은 아프락사스.' 사람도 마찬가지야. 각자 자신의 알을 깨고 나와야 하거든."

뭔가 대꾸를 해야겠다고 생각한 민성이 기다렸다는 듯 나섰다.

"야, 사람이 무슨 알에서 깨어 나냐? 사람은 포유류는데……."

그 순간 세 사람 사이에는 정적이 흘렀다.

집에 돌아오는 길에 재석은 서점에 들렀다. 참고서 사러 간 것을 제외하고는 처음이었다.

데미안은 여러 권 있었다. 가장 싸고 얇은 걸로 골라들고 읽기 시작했다. 데미안의 내용은 의외로 쉽게 와 닿았다.

일찍 자려고 씻고 침대에 누웠지만 잠은 오지 않았다. 책이 너무 재미있었던 것이다.

"어머 웬일이니? 책을 다 읽고?"

방문을 열고 들여다보던 엄마가 깜짝 놀랐다.

"아냐. 그냥 읽어보려구."

"해가 서쪽에서 뜨겠구나. 알았다. 알았어."

엄마는 방문을 닫고 나갔다. 재석은 책의 내용에 다시 몰입했다. 그 옛날 독일의 청소년들이 선과 악의 문제, 사회적 속박의 문제를 어떻게 깨고 이겨나가려 애썼는지를 조금은 알 것 같았다.

어느새 백여 쪽 이상 책을 읽은 재석은 그대로 잠이 들고 말았다. 한참 뒤 과일을 깎아 온 엄마는 조용히 불을 껐다.

마침내 금요일이 되었다. 2주간의 사회봉사가 모두 끝나는 날이었다.

권 선생은 말했다.

“수고했어요. 두 학생 모두 내가 학교 쪽에 아주 성실히 사회봉사 했다고 전해줄게. 착한 학생들이 왜 문제를 일으켰어? 앞으로는 절대 그러지 마. 우린 다시 만날 일 없어야 돼.”

“그래도 나중에 자봉으로 오는 건 되죠?”

“그건 돼. 하지만 사회봉사 명령받고 오는 건 사절이야. 자, 이건 선물.”

권 선생은 복지관 로고가 새겨진 볼펜 한 자루씩을 건넸다.

재석과 민성은 할머니 서예반이 끝나기 전에 서예실로 들어갔다.

“할아버지, 저희 오늘까지만 사회봉사에요.”

서예 작품을 마무리하느라 여념이 없던 부라퀴는 고개를 돌려 둘을 보더니 각자 말없이 묵향에 취해 붓을 움직이던 할머니들에게 말했다.

“여러분, 봉사 왔던 학생들이 오늘을 마지막으로 간답니다. 박수 한번 쳐주세요.”

“수고했다, 얘들아.”

“고마워.”

키 작은 한 할머니는 나와서 꼭 안아주기까지 하고는 손에 초콜릿을 하나 쥐어주었다. 따듯한 환송에 갑자기 눈물이 핑 도는 재석이었다. 그새 정이 들었던 것이다.

"너희들 수고 많았다. 재석이, 민성이. 그동안 내가 너무 혹독하게 대했지?"

"아니에요. 할아버지 덕분에 많이 배웠어요."

"그래, 많이 배웠으면 다행이야. 사람은 항상 어제보다 나은 오늘을 만들어야 된단다. 어제 잘못한 거 오늘 고치고, 또 오늘 잘못한 건 내일 고치고……. 그러면서 끊임없이 발전하는 게 인간이야. 어디로 갈지 모르지만 발전에 발전을 거듭하다 죽는 게 운명이란다. 이제 담배는 안 피우지?"

"네, 끊었어요."

민성은 쭈뼛거렸지만 재석은 자신 있게 대답했다. 시간이 지나자 금단 현상도 줄어들어 견딜 만했기 때문이다.

"그래, 잘했다. 앞으론 절대 담배 피우지 마라. 커서는 술도 먹겠지만 술버릇도 좋게 드느냐 나쁘게 드느냐가 관건인 거다. 하지 말라는 건 하지 않는 게 자신에게 좋아. 자 수고했다. 이건 내가 준비한 거다."

부라퀴는 갑자기 주머니에서 봉투를 꺼냈다.

"너희 용돈이다."

둘은 깜짝 놀랐다. 사양하려 하자 할머니들이 말했다.

"어서 받아라. 그 할아버지 돈 많다."

"그래. 어여 받아. 어른이 주시면 받는 거야."

부라퀴는 멀쩡한 왼팔로 두 아이들의 주머니에 돈을 찔러 넣었다.

"할아버지, 고맙습니다."

"그래 수고했고, 앞으론 학교에 돌아가서도 모범생이 되도록 해. 그리고 어려운 일이 있을 땐 언제든지 나를 찾아와라. 보담이와는 앞으로도 가끔 볼 거 아니냐?"

보담이 생각을 하자 갑자기 재석의 마음이 환하게 밝아지는 것 같았다.

둘은 인사를 하고 바깥으로 나왔다.

복도를 걸어 나온 뒤 소리가 안 들릴 정도까지 멀어지자 갑자기 민성은 소리를 질렀다

"야호! 웬일이야!"

"어디 보자."

서둘러 봉투를 열어보니 10만원씩 들어 있었다.

"우와, 10만원. 으아~ 대박이야! 이걸로 향금이 멋진 명품 머리띠 하나 사줘야지. 우와, 신난다!"

그 얘길 듣자 갑자기 재석이도 보담이에게 뭘 사줄까 고민

이 되었다. 행복한 고민이었다.

그때 문득 교장이 했던 말이 생각났다.

'알았으면 다음 주부터 바로 사회봉사 명령 잘 이행해서 변화된 모습을 보여라. 가면 좋은 분 만날 거야. 너희 인생이 바뀔지도 모르지. 수업 시작됐으니 어서 교실로 가.'

그 좋은 분이 바로 부라퀴인 것 같았다. 그렇다면 또 교장과 부라퀴는 어떻게 아는 걸까? 수수께끼였다. 그리고 아무리 생각해도 이렇게 신경 써주고 돈까지 주는 건 그냥 인심 좋은 노인의 너그러움이라 보기엔 지나친 부분이 있었다. 마치 친할아버지가 친손자 챙기는 것 같은 느낌이었다.

'왜 그러지? 그 노인네가 나에 대해서 뭐 아는 게 있나? 이상해. 드라마처럼 뭐 비밀의 은인 이런 건 아니겠지?'

납득되지 않는 의문이 가슴속에 남아 재석은 편치 않았다.

토요일 오전 재석은 일찍 일어나 샤워를 하고 데미안을 마저 읽었다. 보담이를 만나기 전까지 다 읽고 이야기를 나눌 수 있어야 하기 때문이다. 책을 읽기 시작하니 그나마 좀이 쑤시는 걸 참고 앉아서 읽을 수 있었다. 앞으로는 책을 잘 읽을 수 있을 것 같다는 생각도 들었다.

그날 저녁 민성에게서 문자가 왔다.

✉

니네 집앞이야

왜

나올 수 있어?

무슨 일

병규도 같이 왔다

스톤의 짱 병규가 왔다는 건 무슨 일이 있다는 뜻이었다.

슬리퍼를 신고 반지하 계단을 올라와 골목 어귀로 내려가자 민성이가 병규와 함께 가로등 불빛 아래서 이야기 나누는 것이 보였다.

"오랜만이다. 사회봉사 끝났다며?"

"응, 어제 끝났다."

"교장 그 씹새가 어거지로 사회봉사 시켜서 힘들었지?"

"그냥 나쁘기만 한 건 아냐."

갑자기 온몸에 송충이라도 기어가는 것처럼 재석은 이 만남 자체가 싫었다. 그동안은 스톤이라는 조직이 자신을 보호해주고 그 안에 있으면 동질감을 느껴 든든하다고 생각했지만 2주일 동안 사회봉사를 하고 데미안을 읽으면서 스톤은 자신을 수렁으로 끌어들이는 존재라는 사실을 깨달았다. 그것은 입던 옷이 갑자기 작아진 느낌과도 흡사했다.

"너 내가 온 게 별로 안 반갑냐? 별로 시답잖은 표정이야."

"아냐, 그런 건 아니야."

"저번에 내가 술 한잔 사준다는데 왜 안 왔냐?"

"피곤했어. 거기 영감이 하나 있는데 나를 못되게 부려먹었다. 지금도 힘들어. 졸다 나왔어."

"가자 술 먹으러……."

"나 별로 가기 싫은데……."

병규가 날카로운 눈으로 쳐다봤다. 녀석이 스톤의 짱이 된 것은 그냥 된 것이 아니었다. 빠른 눈치와 동물적인 본능이 있기 때문이다.

"민성이한테 들었다. 깔다구 하나 사귀고 있다며?"

재석은 순간 눈에서 불꽃이 튀었다.

"뭐? 깔다구?"

"그래, 깔다구."

"말조심해라."

"깔다구를 깔다구라고 하지 뭐라고 하냐?"

"이 자식이 정말."

흥분한 재석은 병규의 멱살을 잡아 비틀었다. 보담이에게는 그 어떤 녀석도 깔다구라는 말을 써서는 안 된다고 생각했다.

"어쭈, 너 미쳤냐? 이거 안 놔?"

"못 놘다. 이 새끼야. 당장 사과해."

둘의 눈에서 불똥이 튀었다.

"야야, 왜들 이래?"

민성이 둘 사이에 끼어들었다.

"야, 재석아. 놔라 놔."

민성이 호들갑을 떠는 바람에 둘 사이의 험악하던 분위기는 잠시나마 가라앉았다.

재석은 병규의 멱살 잡은 손을 놓았다. 그 순간 병규의 주먹이 날아왔다. 그걸 예상하고 있던 재석이 고개를 숙여 피했다. 그리고 비호처럼 달려들었다.

"이 새끼 내 이럴 줄 알았어."

재석은 전처럼 헤드록을 번개같이 걸었다. 병규는 아차 싶었지만 이미 늦었다. 재석은 그대로 녀석의 머리를 가로등에 박아버리려고 내달렸다.

"야야! 싸우려고 온 거 아니잖아."

민성이 그 앞을 다시 막아섰다.

"씨발새끼. 깔다구 하나에 미쳤나?"

"뭐? 이 개새끼야! 너 정말 죽어볼래?"

재석이 주먹을 들어 목을 조인 병규의 면상을 가격하려 할 때였다.

"어떤 놈의 새끼들이 남의 동네에 와서 쌈박질이야!"

우렁찬 목소리가 골목을 쩌렁쩌렁 울렸다. 고개를 돌려보니 머리를 짧게 깎은 군인 하나가 트레이닝복 차림으로 나와 있었다.

"어? 봉식이 형!"

재석은 그가 언제 집에 와 있었는지 몰랐기에 놀라지 않을 수 없었다.

"이 자식들, 당장 안 떨어져?"

군대 가서 기차 화통을 삶아먹었는지 봉식의 목소리가 고막을 찢을 것만 같았다.

얼떨결에 목을 조른 팔에 힘을 풀자 병규가 시뻘건 얼굴로 떨어져 나갔다.

"모처럼 휴가 나와서 집에서 쉬려고 했더니 대가리에 피도 안 마른 새끼들이……."

봉식은 재석을 보자 한마디 더했다.

"넌, 자식아. 학교에서 사고치는 것도 모자라서 집 앞에서까지 쌈박질이냐? 엉?"

"형, 그게 아니구요."

"시끄러. 그리고 너희들 얼른 안 꺼져? 한 대씩 맞구 갈래?"

병규와 민성은 비실거리더니 골목을 빠져나갔다.

"재석이 너 나중에 보자!"

그대로 물러설 수 없었는지 병규가 으르렁거리듯 외치고 사라졌다.

"저 자식 누구냐?"

"우리 학교 애에요."

"너, 여전히 폭력서클에 있냐?"

"형이 어, 어떻게 알아요?"

"왜 몰라 임마. 너 눈빛만 보면 알지."

봉식은 야전복 바지에서 담배를 꺼내 권했다.

"아녜요. 담배 끊었어요."

"그래? 잘했다. 어린놈이 담배 피우면 뼈 삭는다."

봉식은 담배 연기를 내뿜더니 한마디 했다.

"나도 너만 할 때 애들이랑 쌈박질 많이 했다."

"네."

"영풍정보고 일진 짱이 나였으니까."

학교 이름은 들어봤지만 봉식이 그 정도인 줄을 재석은 몰랐다.

"그럼 왜 조직에는……."

"조직 들어가기 전에 부모님이 교통사고로 돌아가셨잖아."

"……."

"엄마 소원이 나 군대 갔다 와서 번듯한 직장에 들어가 장가가는 거였다. 그래서 손 씻었다. 산 사람 소원도 들어주는데 죽은 엄마 소원도 못 들어주냐?"

봉식이 내뿜는 담배연기가 밤하늘에 퍼졌다.

"너도 어서 정신 차려. 네 엄마 늘 네 곁에 있는 거 아니다."

말을 마친 봉식은 밤바람이 추운지 몸서리를 한 번 치고 다세대주택 현관 안으로 들어갔다.

"형은 어떻게 서클 관뒀어요?"

쫓아 들어오면서 재석이 물었다.

"나?"

"네."

"나 졸라게 맞고 관뒀지."

봉식과 헤어지고 재석은 주머니에 손을 꽂고 계단을 내려왔다. 집에 들어가 잠자리에 누워 생각했다. 이대로 가면 고등학교를 졸업한 뒤 스톤을 관리하는 조직폭력배 쌍날파로 들어가는 수밖에 없었다. 스톤의 몇몇 아이들은 쌍날파에 들어가 조직 내에서 폭력배들의 관리를 받았고 대부분 그것에

만족했다.

하지만 재석이 그렇게 될 경우 가장 슬퍼할 사람은 엄마였다. 사실 먹고살려고 그런 거지 엄마가 어린 시절 재석의 가슴에 한을 심은 건 본의가 아니었다. 그건 누구보다 재석이 잘 알고 있었다. 엄마는 나쁘고, 자신은 가정불화로 인한 희생자일 뿐이라는 단순 논리는 데미안을 읽고 나서 깨졌다. 이 세상은 보는 시각에 따라, 입장에 따라 얼마든지 다르게 해석이 된다는 걸 알았기 때문이다. 어찌 보면 엄마도 거부할 수 없는 운명의 흐름에 떠밀려 온 사람이었다. 한량이라는 아빠도 그렇게 산 데에는 나름대로 피치 못할 이유가 있었을 거였다. 오히려 자기 중심으로 그들을 원망하고 살아온 재석의 태도가 온당치 못한 것이었다.

"에이, 책을 읽으니까 머리가 졸라 복잡해."

스톤에서 아이들과 어울려 다니는 것이 유치하게만 느껴졌다. 스톤이야말로 자신이 깨고 나가야 할 껍질이 아닌가 싶었기 때문이다. 그리고 대학에 진학하는 데 있어 스톤의 활동은 전혀 도움이 되지 않았다. 그 시간에 공부를 더 하고 성적을 올려서 대학 갈 준비를 하는 것이 맞았다.

"에라, 모르겠다."

생각하는 것도 훈련이 필요한 모양이다. 머리를 벅벅 긁은 뒤 재석은 이불을 뒤집어썼다.

다음 날 일요일 아침 일찍 꼭대기 층에 사는 집주인이 찾아왔다. 놀이공원 때문에 재석은 가슴 설레어 세수하랴, 양치하랴 분주할 때였다.

"재석이 엄마, 있어요?"

집주인은 화려한 홈드레스를 입은 채 들어와 집 안을 훑어보더니 엄마와 함께 식탁에 마주앉았다.

"별일 없죠?"

"네. 무슨 문제라도……."

세입자는 집주인을 만나면 얼굴이 굳는 법이었다. 역시 결코 좋은 일이 아니었다.

"딴 게 아니라 우리 동네가 재개발한대잖아. 뉴타운인가 뭔가……."

엄마의 가슴은 쿵 내려앉았다. 그나마 이곳이 달동네여서 싼 가격에 반지하에서 살 수 있었는데 뉴타운 개발로 들쑤셔 놓는 바람에 동네 곳곳이 어수선했다.

"그래서 말인데, 언제 우리가 뉴타운 될지 모르지만 하게 되면 아무 조건 없이 방을 비워줘야 돼. 갑자기 뉴타운 허가를 많이 내주지 않을지도 모른다고 해서 주민들이 빨리 시작하자고 얘기들이 돌아. 그동안 반대하던 사람들도 어쩌면 영

영 못할지도 모른다고 생각했는지 마음을 많이 바꿨거든. 아마 곧 도장을 받으러 다닐 거야."

"그럼 당장 나가야 되나요?"

"뭐 그렇진 않고……. 하여간 알고 있으라는 거야. 언제든지 내가 보증금 돌려주면 그때 방을 좀 비워줘."

"네, 그럴게요."

"물론 내가 닥쳐서 얘기하진 않고 한두 달 전에 미리 말해줄게. 방을 알아볼 시간은 줘야지."

"네……."

"몇 개월에서 몇 년 걸릴지도 몰라. 미리 걱정하진 마."

주인 여자는 그렇게 말하고 옆집 문을 두드렸다. 여러 세대가 세들어 사는 집인지라 혹시 뉴타운이 진행되면 속 썩이는 사람이 있을까 봐 미리 단도리하는 것 같았다.

어제는 스톤이 와서 들쑤시더니 오늘은 주인이 와서 불길한 이야기를 하고 가자 재석은 기분이 영 꿀꿀했다.

"우리 이사 가야 되는 거야?"

"글쎄, 모르겠다. 뉴타운 바람이 불면 동네 전세도 다 오르고 월세도 오른다는데……. 더 멀리 나가야 되나? 뉴타운이 늦게 되기만 바라야지, 뭐."

"에이 집도 하나 없고……. 우리는 정말……."

짜증이 났다. 하지만 어쩔 것인가. 집 없는 사람이 더 많은 세상인 것을.

집을 막 나서려는데 그때 보담이에게서 문자가 날아왔다.

✉

급한 일이 생겨서

오늘 놀이공원 못 가

나중에 보자

미안

빵빵하게 부풀었던 풍선이 픽 터지는 것 같았다.

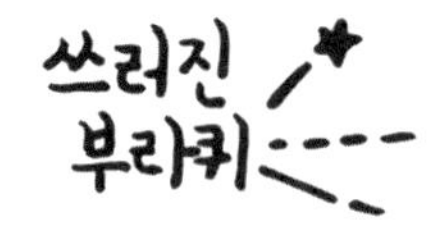

다음 날인 월요일, 재석은 2주 만에 학교에 갔다.

"재석이 왔구나. 그래 봉사활동은 할 만했냐?"

담임인 김정일은 재석이가 돌아와 자리에 앉자 물었다.

"네."

"앞으로는 사고 치지 마라."

"네."

고분고분하게 대답했다. 주변의 아이들이 힐끔힐끔 눈치를 보다가 물었다.

"야, 사회봉사 하니까 어떠냐?"

“내 친구 하나는 뭐 상이군인들 있는 복지관에 갔는데 디게 무서웠다는데……. 너도 그랬냐?”

“아니, 나는 괜찮았어.”

“응, 그랬구나. 일 많이 했냐?”

“조금…….”

아이들 물음에 일일이 대답할 기분이 아니었다.

노는 시간에 찾아온 민성은 말했다.

“야, 보담이 없어도 너 그냥 나랑 향금이랑 같이 가서 놀지 그랬냐?”

“아냐. 너희 데이트하는데 내가 뭐 하러…….”

“무슨 일로 못 나왔대?”

어제 보담의 문자를 받고 재석은 민성에게 놀이공원을 둘이 갔다오라고 했었다. 그러나 둘은 그냥 동대문시장에 가서 옷 사고 놀다 왔다고 했다.

잔뜩 기대했던 놀이공원 약속이 취소된 건 재석에게 큰 실망이었다. 하지만 사정이 있어 그렇다는데야 할 말이 없기도 했다.

‘그럼 그렇지. 보담이 같은 애가 나와 함께 논다는 게…….’

자조적으로 스스로를 괴롭히는 것이 이럴 때는 도움이 좀 되었다.

학교가 끝난 뒤 집을 향해 가는데 스톤의 멤버들 몇이 재석을 불렀다.

“야, 재석아, 좀 보자.”

고개를 돌려보니 병규도 있었다. 갑자기 엊그제의 기억이 되살아났다.

“나 좀 바쁜데?”

“바빠도 좀 봐. 일이 생겼어.”

분위기가 심상치 않았다.

학교 앞의 중국 음식점으로 들어가 자장면, 짬뽕을 시켜놓은 뒤 이야기를 나누었다.

“진석이가 셀 놈들한테 맞고 왔어. 그 새끼들 가만 놔두면 안 되겠어.”

다행히도 주된 화제는 엊그제의 사건이 아닌 배경고교 서클인 셀과의 패싸움 준비였다.

“그 자식들 자주 가는 피시방 알아놨어. 기다렸다가 덮치자구.”

그런 이야기들이 오고갔지만 재석의 마음은 겉돌고 있었다.

“야, 너 왜 말이 없냐?”

병규는 토요일에 아무 일도 없었다는 듯이 물었다.

“응? 응.”

"너 지금 우리 얘기 안 듣고 있지?"

"드, 듣고 있어."

쏘아보는 병규의 눈초리가 날카로웠다.

다음 날은 기온이 갑자기 내려간 가을날이었다. 옷깃을 파고드는 쌀쌀한 바람이 온통 도시를 휘젓고 지나갔다.

피시방을 덮치기 위해 재석과 민성을 포함한 스톤 멤버들은 계단과 입구 그리고 뒷골목에 숨어 있었다.

"이 안에 있대."

병규가 눈짓을 했다. 작은 몽둥이를 등 뒤에 꽂고 민성은 천천히 피시방 통로로 들어갔다.

명진동에서 스톤의 진석이가 셀의 패거리에게 두들겨 맞은 건 일주일 전의 일이었다. 셀 패거리가 진석에게 스톤은 앞으로 명진동에 얼씬거리지 말라는 경고를 했다고 전했다. 옆구리와 허리를 심하게 다쳤는지 거의 움직이지 못하면서 진석은 이 사실만 알리고 병원으로 갔다.

스톤에서는 당연히 보복을 논의했다. 그 결과 오늘 이렇게 실행에 옮기게 된 거였다.

피시방 문을 열고 들어간 민성은 뉴욕 양키즈 모자를 쓴 셀의 패거리 노턱을 발견했다. 턱이 없다고 해서 노턱이란 별명이 붙은 녀석은 용모가 하도 특이해 인근 학교에서 모르는 사람이 없었다. 녀석 주위에서 셀 패거리 서넛이 게임을 하고 있었다. 심호흡을 하고 가까이 다가간 민성은 말했다.

"야, 너희 여기서 뭐 하고 있냐?"

고개를 돌려본 녀석들은 스톤의 민성을 단번에 알아보았다.

"아니, 이 자식이 여긴 웬일이야?"

반사적으로 녀석들은 의자에서 일어났다. 그러나 그보다 민성의 선방이 빨랐다. 등 뒤에 꽂았던 몽둥이를 꺼내 노턱 녀석의 면상을 번개처럼 갈겼다.

"아윽!"

얼굴을 감싸고 쓰러지는 녀석 뒤에서 달려드는 놈에게는 그대로 주먹을 날렸다.

"너 이 새끼!"

졸지에 기습을 당한 녀석들이 정신을 차리기 전에 민성은 피시방을 뛰쳐나왔다. 어차피 거기에서 승부를 볼 일은 없었다. 녀석들을 유인하는 데에는 그 정도로 충분했기 때문이다.

우당탕거리며 쫓아 나오는 소리를 들으며 민성은 계단을 뛰어 내려갔다. 건물 밖으로 나온 민성은 옆 골목으로 튀었다.

"너 이 새끼! 거기 안 서!"

놓칠 수 없다는 듯 녀석들은 쫓아왔다. 그러나 그것이 함정이었다. 스톤 멤버들이 기다리고 있다가 골목으로 달려들어 온 녀석들을 물고기 잡는 그물처럼 둘러싸 뭇매를 가하기 시작했다. 순식간에 벌어진 일이었다.

"아윽!"

"아!"

달려들어 마구 밟을 때 밑에 깔린 녀석들은 비명을 질렀다. 하지만 재석은 차마 다가갈 수 없었다. 한 번 더 사고를 칠 경우에 문제가 될 것이 걱정되었기 때문이다. 뒤에서 멈칫멈칫하고 있는 사이에 상황은 이미 종료되고 말았다.

병규가 소리쳤다.

"튀어!"

아이들은 예정했던 대로 사방으로 튀었다. 이 모든 시간은 채 1분도 되지 않았다. 지나가던 행인들이 비명을 지를 동안 스톤 멤버들은 다 흩어졌다.

재석도 달렸다. 막 떠나려는 아무 버스에 몸을 실었다. 버스가 한 정거장 지나갈 때쯤 되어서야 가쁜 숨이 가라앉았다. 재석은 머리를 감싸고 비겁한 자신의 행동을 후회했다.

'왜, 못 간다고 말을 못한 거야! 멍청한 새끼!'

벽이라도 있으면 머리를 힘껏 들이받고 싶었다. 헤르만 헤세는 새는 알 속에서 빠져나오려고 싸우며 알은 곧 세계이기에 태어나기를 원하는 자는 하나의 세계를 파괴하지 않으면 안 된다고 했다. 그런데 자신은 아직도 그 알 안에서 두려움에 떨고 있는 거였다.

스톤에서 나가려면 특단의 조치가 필요했다. 하지만 어떻게 해야 좋을지 몰랐다. 재석은 새로운 삶을 향해 나아가기 위해 꼭 필요한 것들을 놓치고 있었다. 그것은 바로 용기와 의지였다.

집에 돌아와 재석은 보담에게 이메일을 썼다. 놀이공원에 가지 못하게 된 뒤 서먹했던 마음을 누르고 용기를 내서 보낸 이메일이었다.

보담아.

오늘도 나는 비겁하게 행동했어.

난 데미안에 나온 선과 악은커녕 내가 누군지도 잘 모르겠어.

어떻게 살아야 되는지 어렴풋이 알 것 같으면서도

그쪽을 향해 나아가지 못해.

나는 정말 비겁해.

할아버지께서 늘 가르침을 주시는데도 용기가 없는 것 같아.

어쩌면 좋을까. 정말 모르겠어.

정말 솔직한 이메일이었다. 이메일 쓸 동안만은 마음이 편안하고 자유로웠다.

의외로 답장은 바로 왔다.

재석아.

요즘 할아버지가 서예대전에 나갈 작품 준비하시느라 바빠서

그거 도와드리느라 놀러 못 갔어. 미안해.

다음 주에 마감인데 이번 주면 대강 작품이 완성돼.

할아버지가 밤잠을 설쳐가며 심혈을 기울이시는 거야.

이번 일요일쯤 놀이동산에 놀러가자. 가서 이야기 나눠.

그리고 할아버지께서 너 한번 집에 놀러 오래.

시간 잡아봐.

재석의 가슴은 마구 뛰기 시작했다.

"그러면 그렇지. 보담이가 그럴 리가 없지."

갑자기 하늘이 돈짝만 하게 보였다. 보담의 메일 한 통이 이렇게 세상을 바꿔놓을지는 몰랐다. 셀과의 충돌이 주던 우울함이 한 방에 다 날아가 버렸다.

다음 날이 되었다. 스톤의 멤버들은 자신들의 소행이 있어서 당분간 학교에서 문제를 일으키지 않고 지내기로 했다. 서

로 눈치만 보면서 몰려다니지도 않았다.

오후가 되자 비로소 소문이 돌았다. 두들겨 맞은 셀에서 복수를 준비한다는 거였다. 맞은 녀석 가운데 뼈가 부러진 놈도 있어서 사건이 생각보다 커지는 모양이었다.

하지만 누가 때렸는지는 녀석들도 외부에 말하지 않는 것 같았다. 철저하게 조직 대 조직으로 보복하려는 모양이었다. 더 무서운 일이었다. 심지어 맞은 녀석들까지도 경찰에 신고도 안 하고 조용히 치료하는 것 같았다. 그것은 조직 사이에 있을 전면전을 뜻하는 것이기도 했다.

"몸조심들 하래. 병규가 각자 학교 끝나면 일찍들 찌그러지래."

"알았어."

폭풍전야와 같이 고요한 시간이 흘렀다.

그 무렵 동네의 뉴타운 이야기는 빠르게 전개되기 시작했다. 사람들은 매일 밤 반상회를 열고 재개발추진위원회를 조직했다. 그럴 때마다 세입자인 재석이네와 같은 집은 불안에 떨었다. 집주인들은 도장을 찍으러 다녔다. 소문에 정부에서 불경기 회복을 위해 건설업에 돈을 풀 때 빨리 뉴타운개발을 해야 허가가 쉽게 난다는 거였다.

"에유, 다음 정권에서는 뉴타운 해준다는 보장이 없대."

"그래?"

"지금 빨리 허가받아서 빨리 시작해야 된대요."

"그럽시다, 그러면."

조금 큼지막하다 싶은 건물마다 현수막이 더 내걸렸다. 뉴타운 진행을 서둘러야 한다는 내용이었다.

"엄마, 우리도 이사 가야 되는 거 아냐?"

책상 앞에 앉아 책을 보던 재석이 물었다. 요즘은 가급적 공부하거나 책 읽는 시간을 많이 가지려 노력하고 있었다.

"너는 걱정하지 말고 공부나 열심히 해. 달랑 우리 두 식군데 갈 곳 없겠니?"

말은 그렇게 했어도 엄마는 걱정이었다. 정말 이주가 빨리 진행되어서 이사를 가야 할 지경이 된다면 서두르지 않으면 안 되기 때문이다.

재석은 화장실에 들어가 머리를 감았다. 그리고 밥을 먹은 뒤 양치질을 하고 다시 책상 앞에 앉았다.

공부 한번 해보자란 생각에 교과서라는 것을 꺼내들고 보니 막막했다. 손 한 번 대지 않아 책장은 깨끗했다. 공부를 하려 해도 어디서부터 어떻게 해야 할지 알 수가 없었다.

"씨발, 뭘 알아야 해보지."

중학교 때부터 공부는 손을 놓은 재석이었다.

"에이, 모르겠다, 그냥 읽어나 보자."

재석은 그중 만만한 사회책을 펼쳐놓고 읽었다. 무슨 말인지 잘 알 수 없었지만 몇 번을 정독해서 읽었다. 재석은 그렇게 책 몇 장을 읽어보았다. 학교에서 그동안 진도를 얼마나 나갔는지도 알 수 없고, 어떻게 공부해야 되는지는 더더욱 캄캄했다.

"내일 학교 가면 공부하는 거 물어봐야겠다. 문식이 녀석한테……."

문식이는 상위권에 속한 녀석이다. 재석과는 초등학교 동창이어서 그나마 대화를 나눌 정도였다. 잘하면 공부하는 법을 알려줄지도 몰랐다.

집주인 여자는 그 뒤로 한 번 더 찾아와 뉴타운이 임박했으니 언제든지 약속한 대로 이사를 해야 한다고 다짐을 놓고 갔다. 아무런 힘이 없는 엄마는 그러겠노라고 말할 수밖에 없었다.

"재석아, 만일 이 집에서 나가라고 하면 이 부근에서 집 다시 얻기는 어려워."

"왜?"

"생각해봐. 한꺼번에 사람들이 방 구하러 다니면 그때는 방

값이 오를 거 아냐."

"……."

그러면 또 문제였다. 재석은 말없이 계단을 올라가 밤하늘을 올려다보았다.

그때 보담의 문자가 날아왔다.

✉

뭐 해?

그냥 기분 꿀꿀해서 집 앞에서 죽돌이 해

난 지금 학원이야

공부하는구나

이따 집에 가면 할아버지 좀 도와 드려야 해

우리 동네 뉴타운 한다고 해서 집 쫓겨날 판이야

그럼 어쩌지

될 대로 되는 거지

재석의 문자를 끝으로 더 이상의 문자는 오지 않았다. 심각한 내용을 문자로 계속 대화를 이어나가기는 어려웠던 것이다. 문득 두어 달 전 서예실에서 자신을 모질게 부려먹던 부라퀴의 얼굴이 떠올랐다.

일요일 아침 학교 정문에서 만난 민성과 놀이공원까지 가는 길은 더없이 상쾌했다. 공원 입구에서 보담이와 향금이를 만나기로 했던 것이다.

"어쭈, 자식 뽐내고 나왔는데?"

"자식아, 너야말로 간지 그 자체다."

둘은 서로 입고 나온 옷을 위아래로 봐주며 이죽거렸다. 민성은 힙합 바지에 평창 모자까지 쓰고 나왔다.

"비보이 같다."

"너는 임마, 청바지에다 셔츠 입으니까 마치 70년대에 고고 추는 날라리 같다."

"그러냐? 이게 복고풍이다. 하하하!"

전철을 타고 놀이공원까지 가는 길이 마냥 흥겨웠다.

"향금이한테 보담이하고 같이 만나서 오라 그랬더니 고 계집애 깜짝 놀라더라."

민성이 재미난 일이 있었다는 듯 말했다.

"왜?"

"보담이를 어떻게 놀러오게 했느냐는 거야."

"그래? 향금이가 보담이하고 노는 거 싫대?"

"아니 아니. 말해보더니 보담이가 가겠다고 그래서 더 놀랬지 뭐. 히히히! 오늘이 드디어 그날이라니. 아, 가슴 뛰어."

민성은 옷 속으로 주먹을 집어넣고 목구멍으로 심장 뛰는 소리에 맞춰 불쑥불쑥 내밀었다. 하지만 실제로 심장이 뛰는 것은 재석이었다. 보담과의 첫 데이트였기 때문이다. 물론 허락맞고 갖는 만남이지만 그전까지 만났던 노는 여자아이들과의 만남과는 질적으로 달랐다.

놀이공원역에 내려 지하철 계단을 올라가자 향금이와 보담이가 서 있었다.

"민성아, 여기야."

"그래!"

둘은 걸음을 재게 놀렸다. 빨간 점퍼를 입은 향금이 옆에 다소곳하게 청바지에 카디건을 입고 있는 아이는 보담이였다. 수수한 차림이었지만 미모는 그 일대를 환하게 밝히고 있었다. 지나가던 아저씨까지도 고개를 돌려 살펴볼 정도였다. 큰 소리로 '얘가 내 여자친구예요'라고 외치고 싶은 것을 재석은 애써 참았다.

"할아버지 일이 그렇게 많았어?"

재석이 물었다.

"응."

"서예 작품은 몇 글자 그냥 큼지막하게 써서 내는 거 아냐?"

"호호, 그런 것도 있지만 이번에 할아버지가 하시는 건 말로만 듣던 대작."

"대작?"

"큰 종이에 수백 자를 써서 내시는 반야심경."

"그게 뭔데?"

"불교 경전이야. 아주 짧은 건데 아제아제바라아제라고 들어봤어?"

"응. 들어본 것 같아."

"그게 바로 반야심경 마지막 부분이야. 그러니까 내가 옆에서 보면서 글자가 제대로 맞았는지 알려드려야 해."

"그렇구나."

"먹도 갈아 드려야 하고, 글자 순서와 위치도 정확하게 잡아드려야 하기 때문에 내가 없으면 할아버지가 글자를 쓰실 수가 없어."

"몇백 자를 쓴단 말이야?"

"그럼."

"야, 그러다 틀리면 어떡하냐?"

옆에서 민성이 물었다.

"가끔 틀리기도 하셔."

"정말이야? 그럼 몇백 자 쓴 거 다 버리는 거야?"

"그렇지. 완벽해야 제출할 수 있다는 사실. 벌써 여러 장 버리셨어."

"와, 너희 할아버지 대단하시다."

"우리 할아버지는 한다면 끝까지 하셔."

그 사실은 재석과 민성도 너무나 잘 알고 있었다. 한다면 끝까지 하고 마는 집념의 화신 부라퀴. 둘은 동시에 그렇게 생각했다.

"그러니까 잠도 못 주무시고 엄청 받는 스트레스."

가만 보니 보담의 말투도 이상했다. 명사로 말을 마무리했다. 눈치를 챈 보담이 배시시 웃었다.

"내 말투 이상해?"

"응 조금."

"일본 만화 많이 봐서 그런가봐."

그러고 보니 보담의 말투는 일본식 표현이었다.

"고치려고 하는데 잘 안 돼."

"나도 말꼬리 흐린다고 너네 할아버지한테 지적받아서 요즘 고치려고 애쓰고 있어."

"그래, 넌 많이 좋아졌어. 나도 고쳐야지."

완벽한 줄로만 알았던 보담도 그런 습관이 있다는 사실이 재석에겐 더욱 친근하게 느껴졌다.

"그나저나 할아버지 너무 무리하시는 거 아냐?"

"무리를 즐기시는 분이야."

"그렇구나."

"내가 공부하다가 할아버지가 부르시면 쫓아가서 봐드려야 돼. 지난주에는 일요일에도 하루 종일 하시더라구. 그래서 도저히 나올 수가 없었어. 미안해."

"괜찮아. 그럴 수도 있지 뭐."

재석과 민성은 호기롭게 이야기했다. 복지관에서 붓을 들고 정신을 통일해 작업하는 부라퀴를 많이 보았기 때문에 재석은 수백 자의 글씨를 써넣는 작업이 얼마나 힘들고 고통스러운 것인지 짐작할 수 있었다. 보담이가 그것을 도와주느라 늦은 것도 이해가 되었다.

표를 끊어서 들어간 놀이공원에는 인파가 가득했다. 한창 단풍이 무르익고 있었고, 가족들과 연인들이 놀이공원에서 즐거운 시간을 보내고 있었다.

"야, 우리 이거 타보자."

"재미있겠다."

넷은 고삐 풀린 망아지처럼 놀이공원 안을 이리 뛰고 저리 뛰며 신나게 돌아다녔다. 아이스크림도 사먹고 정말이지 전형적인 청소년들의 데이트를 즐기고 있었다.

점심으로 햄버거를 먹으며 네 아이는 대화를 나누었다.

"야, 그러고 보니 재석이하고 보담이가 잘 어울려. 호호!"

향금이가 웃으며 민성에게 말했다.

"완전 미녀와 야수야. 호호호!"

재석은 씩 웃었다. 보담이도 입을 가리고 미소 지었다.

"야, 우리가 미녀와 야수면 너희는 뭐냐?"

"우리는 야녀와 미수지. 하하하!"

민성이 낄낄댔다.

"야, 엉터리 개그 하지 마!"

민성은 항상 이런 식이었다.

가장 재미있는 것은 롤러코스터였다. 둘씩 앉아 정상을 향해 올라갈 때 보담이는 벌써 눈을 꼭 감고 있었다.

"야, 눈 떠! 눈 떠야 재미있는 거야."

"무서워! 무섭단 말이야."

"그래도 눈 떠야 안 무섭다구."

보담이 눈을 살짝 뜨는 순간 롤러코스터는 정상에서부터 무서운 속도로 땅바닥을 향해 내리꽂히기 시작했다.

"으아아아아!"

비명이 절로 나왔다. 호기롭게 맨 앞에 앉았던 걸 후회하며 재석도 앞의 손잡이를 불끈 쥐고 이를 악물었다. 머리카락이 바람에 흩날리면서 왈칵 떨어지는 철렁한 기분. 롤러코스터는 좌로 우로 위아래로 돌고 흔들며 빠른 속도로 달렸다. 오장육부가 덜덜 떨리는 느낌이었다.

갑자기 보담이 웃기 시작했다.

"호호호호!"

재석은 이런 상황에서 어떻게 웃음이 나오는지 이해할 수 없었다. 그러는 동안 롤러코스터는 길고도 짧은 회전을 마치고 출발선으로 들어섰다.

제동이 걸리는 딱딱딱딱 소리와 함께 롤러코스터가 멈추자 향금이는 정신없는 얼굴로 내렸다.

"어우, 메슥거려!"

내리고 나자 웃었던 보담이도 어지럼증을 호소했다.

"아, 어지러워."

"뭐 잘만 웃더니……."

"모르겠어. 무서우니까 갑자기 웃음이 나오는 거 같아."

그때 갑자기 보담의 핸드폰이 울렸다.

"여보세요, 네. ……그게 정말이야? 어느 병원? ……홍십자병원? 어떡해! 할아버지, 어떡해!"

안 좋은 전화였다. 나머지 세 사람의 얼굴이 불길한 예감에 하얗게 굳었다.

“무슨 일이야?”

“할아버지가 쓰러지셨대.”

“뭐?”

“할아버지 쓰러지셔서 갑자기 병원으로 가셨대.”

재석은 그때 재빨리 판단했다. 어쩌면 복지관에서 그렇게 많이 보던 뇌출중인지도 몰랐다.

“안 되겠다. 빨리 병원으로 가자.”

넷은 놀이공원 출구를 향해 달렸다. 어떻게 뛰었는지 모를 지경으로 숨이 턱에 차도록 달렸다.

“이럴 땐 택시 타야 돼. 민성이하고 향금이는 여기 있어.”

“응? 우리도 같이 가면 안 될까?”

“내가 갈게. 너희는 그냥 놀아.”

재석의 말에 둘은 고개를 끄덕였다.

갑자기 위급한 상황이 되자 재석은 자신이 갑자기 진짜 남자가 된 느낌이 들었다. 자신 안에 숨어 있던 또 다른 재석이 냉철한 상황판단으로 멋지게 사건을 해결하고 여자를 구하는 슈퍼 영웅이 된 기분이었다.

줄 서 있던 택시 가운데 맨 앞의 차에 몸을 던지듯 싣고 말했다.

“홍십자 병원이요. 아저씨, 급하거든요? 죄송하지만 빨리 좀 가주세요!"

보담이는 출발하는 차 안에서 흐느끼기 시작했다.

"으흐흐흐! 불쌍한 할아버지!"

"울지 마, 보담아. 울지 마."

재석은 자신도 모르게 보담의 어깨에 손을 얹고 있었다. 보담의 몸은 부드럽고 따뜻했다. 그 작은 어깨가 흐느끼며 눈물짓는 것을 보자 갑자기 재석도 콧날이 시큰했다. 상황이 심상치 않음을 눈치 챈 운전기사가 실력을 발휘해 복잡한 도심을 비상등 켜고 달려갈 동안 재석은 보담의 손을 꼭 잡았다.

"걱정하지 마. 괜찮으실 거야."

"우리 할아버지 돌아가시면 어떡해? 안 그래도 장애인이셔서 늘 걱정인데……. 서예대전에 작품 낸다고 너무 무리하셨어. 흑흑흑!"

"괜찮아. 할아버지가 왜 돌아가시니? 너희 할아버지 같이 강하신 분이 어디 있다고."

그건 사실이었다. 재석은 지금까지 노인은 볼 장 다 봐서 곧 죽을 날만 기다리는 사람인 줄로만 알았다.

그러나 보담의 할아버지 부라퀴는 그런 사람이 아니었다. 그 강력한 의지와 집중력으로 사람들에게 강한 '아우라'를 전파시키는 사람이었다. 재석의 삶에 조그만 변화가 있게 된 것도 바로 그 덕분이었다. 부라퀴라고 별명 붙인 것이 미안했다.

택시는 홍십자 병원 응급실 앞에 멈췄다. 보담에게 뭔가를 사주려고 쓰지 않고 아껴둔 돈으로 택시비를 계산한 뒤 재석은 보담의 손을 잡고 뛰었다.

"수술실 들어가셨어요."

응급실 안내 데스크에서 말해주었다.

그 말을 듣자 보담이는 다리에 힘이 풀려 주저앉으려 했다.

"보담아, 정신 차려!"

안내직원이 일러준 대로 바닥에 그어진 빨간 선을 따라가니 수술실이 나왔다. 보담은 우아하게 생긴 아주머니에게 다가가더니 무너질듯 울음을 터뜨렸다.

"엄마아!"

"응. 보담이 왔구나. 할아버지는 지금 수술 중이셔."

"왜? 할아버지 왜 그러신 거야?"

"응. 의사 말이 뇌혈관이 터졌대. 노쇠하셔서 그렇단다. 일단 수술이 잘되어야 한대."

눈물을 뚝뚝 흘리며 보담은 엄마의 말을 듣고 있었다.

옆에 섰던 재석으로서는 더 이상 할 일이 없었다.

"이 친구는 누구니?"

보담이 엄마의 물음에 재석은 나서서 인사를 했다.

"아, 안녕하세요?"

"할아버지가 말했던 복지관 그 학생."

"아, 노인들한테 잘한다던 그 재석이라는 아이로구나. 그래, 고맙다. 우리 보담이 데리고 와줘서……."

"아니에요. 할아버지가 빨리 나으셔야 될 텐데요."

"그래. 잘되시겠지."

보담은 의자에 앉아 울며 기도했다. 옆에 앉은 재석도 초조한 마음으로 부라퀴가 나오기를 기다렸다.

"서너 시간 걸린다는데 왜 아직 안 나오시지?"

얼마나 기다렸을까.

지치고 또 지쳐 기다림이 고통임을 느낄 때쯤 수술실 문이 열렸다. 그리고 산소 호흡기며 각종 계기를 온몸에 매달고 머리에 붕대를 칭칭 감은 부라퀴가 의식을 잃은 채 침대에 누워 수술실 밖으로 나왔다.

"수술은 잘됐습니다. 그래도 초기에 빨리 오셔 가지고 다행이에요."

가족들에게 둘러싸인 의사가 말문을 열었다.

"불행히도 오른쪽 뇌혈관이 터졌습니다. 회복하셔도 왼쪽 팔다리에 반신불수가 올 겁니다."

"그, 그럼……."

"보니까 한쪽 팔다리도 의수, 의족인 장애인이시더군요. 왼쪽 팔도 못 쓰시게 되면……. 앞으로 재활훈련을 어떻게 하느냐에 따라서 경과가 달라질 겁니다. 일단 의식이 깨어나시는 걸 봐서 판단하자구요."

"알겠습니다."

중환자실로 옮긴 뒤에는 더 이상 할 일이 없었다. 중환자실에는 면회시간이 정해져 있고 보호자도 따라 들어갈 수 없었기 때문이다.

"보담아, 넌 집에 가라. 엄마가 여기 있을게."

"할아버지 깨어나시는 거 보고 싶단 말예요."

"지금은 면회도 사절이잖아. 중환자실에서 간호사들이 다 해주니까 우리는 할 일이 없어. 집으로 가."

재석이 조심스럽게 나섰다.

"그래, 보담아. 집에 가는 게 좋겠다."

"어서 가."

병원 입구에서 보담은 대기시켜 두었던 승용차를 타고 떠났다. 슬픔에 빠진 보담에게 변변한 작별인사도 못하고 재석은 혼자 병원을 걸어 나왔다. 부라퀴가 저렇게 쉽게 쓰러질 줄은 정말 몰랐기 때문이다. 오른쪽 팔다리를 못 쓰는 사람이 왼쪽 팔다리까지 못 쓰게 되면 어떻게 될지 상상도 할 수 없었다. 저대로 죽는 건 아닌지, 식물인간이 되는 것은 아닌지 재석은 걱정이 되었다.

재석은 핸드폰을 꺼내 보담이에게 문자메시지를 보냈다.

✉

보담아 잘될 거야

고마워

잘되길 나도 빌게

응 나도 기도하고 있어

할아버지는 꼭 일어나실 거야

답신은 오지 않았다.

하지만 오늘 보담이를 위해 자신이 뭔가 한 것 같아 조금은 흐뭇했다.

알껍질 깨기의 어려움

"야, 어떻게 됐냐?"

다음 날 쉬는 시간에 찾아온 민성이 물었다.

"응. 뇌혈관이 터지셨대. 수술하고 중환자실 입원하시는 거 보고 왔어."

"그래? 정말 큰일이네. 저러다 돌아가시면 어떡하지?"

"글쎄."

아는 사람이 죽을 수도 있다는 사실은 정말 큰 충격이었다.

그날 오후 학교가 끝난 뒤 재석은 병원을 향했다.

"재석아."

누군가 버스 정류장에서 재석을 불렀다. 병규였다. 뒤에는 멤버들 몇이 함께 있었다.

"잠깐 보자. 문제가 생겼다."

"무슨 문제?"

재석은 갑자기 나타난 병규의 존재가 성가셨다.

"애들이 셀한테 당하기 시작했어. 얘기 좀 하자."

"나 지금 어디 가야 되는데?"

"어딜 가?"

"친구 할아버지가 쓰러지셨어."

"그게 스톤보다 중요하냐? 친구가 당했다는데 그것보다 중요해?"

"……."

"그 깔다구 할아버지가 쓰러진 거라며?"

그 말을 듣는 순간 재석의 눈에 다시 불이 켜졌다.

"씨발 새끼야. 보담이한테 깔다구라고 부르지 말랬지?"

"이 새끼가 애들 앞에서 대드네."

짱의 권위에 공개적으로 도전하는 건 곧 처절한 응징이 따른다는 걸 뜻했다.

"너 우리 스톤에 대한 애정이 식은 거 아냐?"

그 말을 듣는 순간 스톤 멤버들의 표정이 싸늘해졌다.

“그만 하자. 나 지금 바빠서 가봐야 되겠다. 그건 나중에 얘기하자.”

재석은 더 이상 있어봐야 분위기만 험악해질 것 같아서 아무 버스에나 탔다. 어떤 식으로든 병규와 한번은 더 부딪쳐야 한다는 예감이 들었다.

중환자실 앞으로 갔을 때 보담의 엄마와 아빠는 초췌한 얼굴로 앉아 있었다.

“안녕하세요?”

“응, 그래. 또 왔구나.”

“예. 할아버진 어떠세요?”

“아직도 깨어나지 않으셨어.”

“…….”

“와줘서 고맙다.”

보담의 아빠가 말했다. 그는 중후한 중년의 신사였다.

“아니에요. 제가 할아버지한테 신세 많이 졌어요. 서예실에서 할아버지가 저한테 좋은 말씀도 많이 해주시고요.”

“그랬구나. 우리 아버님은 항상 젊은 친구들한테 관심이 많으시지. 이렇게 걱정해주니 곧 일어나실 거야.”

“면회시간이 됐습니다.”

그때 중환자실 문이 열리고 면회시간이 됐음을 간호사가 알렸다. 이 시간에 가족들이 들어가 면회할 수 있는데 모두 다 녹색의 위생복을 입어야만 했다. 보담의 어머니가 들어갔다 나오자 뒤이어 아버지가 위생복을 바꿔 입고 들어갔다. 그때 보담이 복도를 달려오는 것이 보였다.

"아빠! 엄마!"

"응 늦었구나. 면회시간 얼마 안 남았어."

보담은 허둥지둥 면회복을 입고 들어갔다 나왔다. 눈가가 붉어진 것이 안에서 운 것 같았다.

"보담아, 바람 좀 쐬러 가자."

재석이 보담에게 말했다.

"그래, 나가서 바람이라도 쐬고 와라."

보담의 아빠도 그러라고 했다. 재석은 보담을 데리고 병원 안의 작은 뜰로 갔다.

"고마워, 재석아. 네가 오늘 와줄 줄은 몰랐어."

"와야지. 나에게도 너희 할아버지는 고마운 분인데. 할아버지 덕분에 내가 좀 마음잡으려고 했는데 이렇게 쓰러지셔서 어쩌냐."

"곧 일어나실 거야. 고마워."

보담은 또 울먹였다. 그런 보담에게 재석은 무슨 이야기든

하면서 시간을 때우고 말을 걸어야 했다.

"보담아, 사실은 나……."

"뭐?"

"이런 얘기할 때는 아닌데 나 별로 좋은 사람이 아니야. 나 학교에서 스톤이라는 불량서클에 있어."

"……."

"애들도 많이 때려. 그건 내가 나쁜 사람이란 뜻이야."

"나쁜 사람인 게 무슨 뜻인데?"

"보담이 널 이렇게 만나서 대화하고 사귈 자격도 없는 놈이야."

여자에게 이런 부끄러운 고백을 해야 하는 자신이 재석은 너무 싫었다.

"사람이 사람 만나는데 자격이 무슨 소용이야? 서로 진실하게 대하면 되는 거지. 그리고 나라고 재석이 너보다 나을 것도 없어."

"그럴 리가 없지. 너는 할아버지도 계시고 아빠 엄마도 계시고, 집도 되게 부자잖아."

"재석아. 책 많이 읽어보면 그런 거 아무 소용없다는 거 알아. 진짜 중요한 건 사람의 마음이고 본성이야."

"……."

그런 말은 생전 들어본 적이 없는 재석이었다. 돈만 있으면, 그리고 사회적인 부와 명성만 있으면 무조건 행복할 줄 알았기 때문이다.

"정말 중요한 건 자신이 행복을 느끼는 거야. 나는 할아버지가 계셔서 정말 행복했어. 우리 아빠 엄마는 별로 사이가 안 좋았거든."

처음 듣는 이야기였다.

"엄마는 원래 굉장히 가정적인 분이셨는데 아버지가 사업에 너무 신경 쓴 나머지 아빠의 무관심 속에 시들어갔어."

보담의 부모가 본격적으로 사이가 나빠진 것은 아빠가 과로로 쓰러졌을 때의 일이었다. 병원에 입원한 아빠에게 엄마는 한 번도 문병 가지 않았다. 상식적으로 이해할 수 없는 일이었지만 그랬다.

결국 아빠는 병원에 있으면서 울분이 폭발하고 말았다.

"당장 이혼할 거야. 남편이 과로해서 입원해도 찾아오지 않는 여편네하고 더 이상 살 필요가 없어."

결국 보담의 외할머니가 엄마를 설득해 병원까지 데리고 갔다. 엄마를 보자마자 아버지는 손에 잡히는 대로 병실의 물건을 집어던졌다. 따라왔다가 옆에서 지켜보던 보담은 눈물만 흘릴 뿐이었다.

"당장 나가, 이 여편네야!"

그러자 엄마는 싸늘한 표정으로 말했다.

"왜 그 좋아하는 사업 계속하지? 아프니까 내가 필요해? 나는 당신에게 얽매여 사느라고 아무것도 못하는 바보 같은 여자가 됐어."

일류대학을 나와 촉망받던 재원인 엄마는 10여 년을 전업주부로만 살았다.

"나는 그러면 혼자 잘 먹고 잘 살자고 이러는 거야?"

"당신은 매일매일 사업 확장하면서 보람이라도 있지만 나는 뭐야? 나는 이렇게 살기 싫었다고."

보담의 엄마는 제정신이 아니었다. 어찌 되었건 열심히 노력한 건 죄가 아니었기 때문이다. 하지만 너무나도 심각한 어조로 말을 이었다.

"나는 당신이 괴로운 꼴을 볼 수 있다면 악마에게 영혼이라도 팔겠어."

"뭐? 너 미친 거 아냐?"

그 얘길 듣고 있던 외할머니까지도 나섰다.

"얘, 도대체 너 왜 그러니? 너 본심이 그런 게 아니잖아. 제발 정신 좀 차려라."

"엄마, 저 인간 때문에 내가 어떻게 살았는지 알아요? 내 울화가 터져서 미치겠다고, 미치겠어!"

엄마는 자기 가슴을 있는 힘껏 두들겼다. 그 두들기는 소리가 북처럼 울렸다.

"보담이도 보고 있는데 진정해라. 여기 병원이야. 제발 정신 차려라!"

보담의 엄마가 광분하는 걸 보자 아빠가 말했다.

"보아하니 이 여자 정상이 아니에요. 장모님, 저 여자 지금 미쳤어요. 지금 하는 꼴을 좀 보십시오. 남의 얘기 듣지 않고 자기 얘기만 하잖습니까? 제가 도대체 뭘 잘못했습니까?"

"그래. 당신은 사업하고, 나는 내 인생 살면 되는 거 아니야? 뭐가 문제야?"

보담의 엄마는 그렇게 쏘아붙이고 병실을 나섰다.

이를 보고 비로소 외할머니는 딸의 상태가 심각함을 인정했다. 결국 가족들의 의논 끝에 보담의 엄마는 정신과 치료를 받게 하는 수밖에 없었다. 하지만 엄마는 멀쩡한 사람 정신병자 만든다고 펄펄 뛰었다. 칼을 들고 설치는 난동 끝에 병원으로 옮겨 진찰을 한 결과 강제입원이 필요하다는 진단이 나왔다.

결국 아빠의 동의하에 엄마는 병원에서 온 남자 간호사들에게 끌려가 입원을 했고, 즉시 약물을 투여했다. 우울증 약의 점진적인 효과에 의해 증세는 가라앉기 시작했다. 아빠를 의심하던 성격도 사라지고 날카로운 성격도 무뎌졌다. 아빠 역시 조금은 가정에 충실해졌다. 그렇게 해서 조금씩 조금씩 엄마의 증세는 좋아졌지만 늘 조심하고 사는 것이 보담에게는 마치 살얼음 위를 걷는 것 같았다.

"할아버지가 계시기 때문에 아빠 엄마는 서로 조심해. 할아버지 안 계셨으면 우리 아빠 엄마는 벌써 이혼하셨을 거야. 할아버지가 저렇게 몸도 불편하시지만 의지를 가지고 삶을 개척하시는 것 때문에 나도 할아버지께 많이 배워. 나 사실은 초등학교 때 공부 잘 못했어. 아빠 엄마가 많이 싸워서 집안 분위기가 별로 좋지 않았거든."

"근데 어떻게……."

"철들면서 할아버지가 왼손으로 서예 하시고 모든 어려움을 이겨내시는 걸 눈여겨보게 되었어. 그걸 보고 노력하면 안 되는 게 없다는 생각이 들었지. 그래서 공부를 하게 된 거야."

"그, 그랬구나."

"할아버지는 보는 사람마다 열심히 살아야겠다는 생각이 들게 하는 탁월한 능력이 있으신 분인데……. 흑흑흑!"

보담은 할아버지 얘기가 나오자 다시 눈물을 흘렸다.

보담이 울자 재석은 견딜 수가 없었다.

"울지 마. 보담아, 네가 우니까 내가 못 견디겠어."

"아, 알았어."

눈물을 닦으며 보담은 또 말을 이었다.

"재석이 네가 자원봉사 왔다고 할아버지는 나한테 말씀하셨지만 나 알아. 너 사회봉사 명령 받고 온 거잖아."

"……."

쥐구멍이라도 있으면 들어가 숨고 싶었다. 차마 그 사실만은 보담이 끝까지 몰랐으면 했던 것이었다.

"안내실에 계시는 선생님이 말씀해주셨어. 너 사회봉사 명령 온 아이라고. 하지만 괜찮아. 내가 보니까 넌 절대 나쁜 아이가 아니야."

"왜 그렇게 생각해?"

"눈빛이 맑거든."

눈빛이 맑다는 이야기는 처음 들었다.

"재석아, 나는 네가 나쁜 아이들하고 어울리지 않았으면 좋겠어. 알을 깨고 나왔으면 좋겠어."

드디어 기회는 왔다.

"나 읽었어. 그 책 데미안."

"정말? 어느 대목이 좋았는데?"

보담은 반색을 했다. 할아버지 때문에 우울해하던 모습이 약간 지워지는 것 같아 재석은 뿌듯했다.

"응. 알을 깨고 나와야 한다는 부분이 역시 좋더라."

"응. 나도 그게 좋았어. 사람은 자신이 자유롭다고 생각하지만 수많은 알껍질에 싸여 있는 거잖아. 그걸 깨고 나갈 수 있어야 되거든."

"으응, 그래."

확연하게 알 수 있었다.

분명한 것은 이제 좀 더 나은 길을 위해 자신의 삶을 바꿀 수 있도록 선택해야 했다.

그러나 어떻게 그렇게 한단 말인가. 한번 스톤에 들어온 사람은 스스로 나간 적이 없었다. 나가려 해도 나갈 수가 없다. 다른 학교로 전학 갔다가 더 두들겨 맞고 뼈가 부러진 아이도 있었다. 아예 가출을 해서 소식이 끊기기 전에는 불가능한 이야기였다.

"우리 할아버지가 그랬어. 어떻게 하면 좋은 사람이 될까 고민할 필요 없이 안 좋은 것들을 하나씩 제거해보라고. 너 담배도 끊으라 그러셨다며?"

"응. 담배는 끊었어."

"잘했네. 그런 식으로 담배 끊고, 술 먹는 사람은 술 끊고, 늦잠 자는 사람은 일찍 일어나고 그러면서 조금씩 노력하면 좋아지는 거랬어."

"그럼 굉장히 쉬운 거네."

"그렇지. 우리 할아버지가 나에게 해주셨던 말이야. 나도 옛날에는 물건을 잘 어지르고 덜렁거렸거든. 그랬더니 할아버지가 덜렁거리는 버릇을 없애고 차분해지는 연습을 하면 그게 나를 변화시킨다고 하셨어. 그래서 요즘은 급한 일이 생겨도 항상 차분해지려고 애써."

무슨 말을 하든 보담은 막히는 게 없었다.

"넌 어떻게 그렇게 똑똑하니?"

"똑똑하긴……. 다 우리 할아버지한테 배운 거야. 아직 우리 할아버지 따라가려면 멀었어."

"맞아. 너희 할아버지는 대단하셔."

"우리 할아버지는 어떤 일이 있어도 자신을 절대 포기하시지 않을 거야. 포기할 리가 없어."

비록 부라퀴는 쓰러졌지만 재석은 보담과 이렇게 진솔한 마음의 대화를 나눌 수 있게 된 것이 너무나 좋았다.

결국 2시간 뒤 면회 시간에 보담인 할아버지를 다시 만나고 나왔다. 나머지 1분 정도의 면회 시간에 재석 또한 쓰러져 있는 부라퀴를 보았다. 산소호흡기를 비롯해 온통 계기판이 몸에 달린 채로 중환자실에 누워 있었다.

잠깐 보고 나왔지만 중환자실 안의 분위기는 너무나 무섭고 엄숙했다. 이곳에 있다가 죽어 나가면 영원히 돌아오지 않는 것이고, 살면 다시 이 세상에서 사랑하는 가족을 만나는 것이다. 부라퀴의 모습은 마치 자신이 죽음 직전까지 가본 것 마냥 재석을 숙연하게 만들었다. 그리고 인간의 삶이 머뭇거리기엔 무척 짧다는 것을 깨달을 수 있었다.

보담을 바래다주러 병원 앞 주차장으로 나오면서 재석은 아무 말도 할 수 없었다. 승용차를 타고 보담은 병원을 떠났다. 떠나가는 보담의 뒷모습을 보면서 재석은 그동안 반항적이며 세상에 대한 불만투성이였던 자신을 떠나보내야 할 때가 되었음을 깨달을 수 있었다.

이제는 변해야 했다.

재석의 손에는 보담이 다 읽었다며 주고 간 《그리스인 조르바》가 들려 있었다.

이름도 어려운 니코스 카잔차키스라는 작가가 쓴《그리스인 조르바》는 격한 책이었다. 마음이 이끄는 길로 쾌락을 찾아 온몸을 던지고 나서야 진리를 체득한 조르바의 모습이 재석을 전율케 했다. 종교니 신이니 하느님이니 하는 인간들이 만든 것은 다 위선이라는 조르바의 메시지도 재석의 가슴을 때렸다. 너무나 두려워 어떤 대목에서는 덜덜 떨리기까지 했다.

이 세상에서 도덕적이고 윤리적이라고 스스로 인정하는 자들이 벌이는 행태를 조르바는 가차없이 비웃었다.

바다, 여자, 술, 그리고 힘든 노동! 일과 술과 사랑에 자신을 던져 넣고, 하느님과 악마를 두려워하지 말지어다… 그것이 젊음이란 것이다.

그동안 꿈속을 헤맨 것만 같았다. 마땅히 자신이 누려야 할 세상의 달콤함을 재석은 알지도 못했다. 부끄러웠다. 살아 있음을 감사하며 자연과 하나되어 영혼과 육체가 모두 즐거울 수 있는 그대로의 모습을 가진 조르바가 숨 막히는 존재감으로 다가왔다.

'내 인생은 내 건데 나는 남의 눈을 의식하며 어리석게 살았어.'

옳고 그른 게 문제가 아니었다. 삶을 열정을 다해 느끼고 살아내는 것, 그것이 가슴 터질 듯한 젊음이고 재석이 갈망하는 것이었다. 이제까지 과연 얼마나 자신을 불사르며 지냈었던가 생각하니 고개를 들 수 없었다. 단 하나뿐인 삶을 열심히 살지 못한 회한에 재석은 자신에게 미안했다.

새벽까지 책을 읽고 마지막 책장을 덮은 재석의 눈에서는 눈물이 흐르고 있었다.

뇌졸중으로 쓰러졌던 부라퀴는 수술 일주일 만에 깨어났

다. 빠른 속도로 재활훈련에 들어가 재활병원에서 한 달 정도 머문 지금은 휠체어를 타고 활동할 수 있을 정도까지 되었다. 가끔 만나는 보담이 할아버지의 건강 상태에 대해 자세히 말해주었다.

겨울방학을 얼마 남겨 두지 않고 보담과 재석은 다시 만났다. 보담을 위해 보담이 다니는 학원 앞에서 잠시 만나는 게 재석이 해줄 수 있는 유일한 배려였다.

"할아버지가 이제는 말씀도 알아들으셔."

"그래 잘됐네. 건강하셨으면 더 많은 일을 하셨을 텐데, 걱정이야."

"할 수 없지 뭐. 할아버지는 그렇게 된 게 운명이라고 생각하신대."

"네가 잘해드려."

"재석이 너 안부도 물으시더라."

"그랬어?"

"응. 공부 열심히 하느냐고……."

공부 얘기가 나오자 재석은 뒤통수를 긁적였다.

"열심히 하려는데 잘 안 돼. 공부라는 게."

"응. 공부는 기초가 없으면 하기 힘든 거잖아. 하지만 조금만 하면 금방 자리를 잡을 거야. 열심히 노력해."

"고마워."

"다음 주 놀토에 우리 집 놀러 와."

"정말?"

"전에 한번 놀러오라고 했었잖아. 할아버지가 쓰러지시는 바람에 이제야 초대하네……."

보담을 만나면 거칠었던 마음이 부드럽게 순화되는 느낌이었다.

그러나 재석은 여전히 어정쩡한 삶의 태도를 유지하고 있었다. 사회봉사 명령까지 받았기 때문에 김정일은 늘 재석을 예의주시하고 있었다.

"재석이 조심해. 항상 보고 있어."

"선생님 제가 뭘 어쨌다구 그러세요. 요즘 얌전히 있어요."

"고등학교라도 졸업하려면 그렇게 얌전히 있는 게 좋을 거야."

김정일은 그렇게 엄포성으로 말했지만 과연 자기 자신이 그런 경고를 주었다는 걸 기억하고 있는지조차 의심스러웠다.

학교에서 재석은 영어와 수학, 국어는 포기했지만 나머지 암기과목이라도 열심히 해보려고 수업시간에 집중을 했다. 사회선생이 태도가 좋아졌다고 칭찬한 적도 있었다.

토요일 재석은 보담의 집을 향해 길을 나섰다. 부자들이 모여 산다는 그 동네는 사실 이름만 들었지 한 번도 가본 적이 없었다.

아파트 단지 입구에 다다르자 수위가 막아섰다.

"어떻게 왔냐?"

"친구네 왔는데요."

"몇 호야?"

호수를 대자 인터폰으로 확인을 했다.

"음, 들어오라 그러신다."

수위 아저씨의 허락을 받고 들어가자 마치 거대한 성으로 들어가는 것만 같았다. 으리으리한 주상복합아파트였다. 넓은 로비를 지나 엘리베이터를 타고 25층 버튼을 누르자 엘리베이터가 올라가기 시작했다. 엘리베이터 안도 아파트처럼 화려한 데다 은은한 향기까지 돌았다. 이런 곳에서 사람들이 산다는 사실이 믿기지 않았다.

엘리베이터에서 내리자 바로 보담이 집 현관문이 열렸다.

"어서 와."

보담이 맞아주었다. 거실에서는 휠체어에 앉은 부라퀴가 기다리고 있었다. 멀쩡했던 왼손까지 마비되어 거동이 부쩍 불편해 보였다.

"안녕하세요, 할아버지."

"어, 어서 와라."

말은 어눌했다. 얼핏 들어서는 무슨 말인지 알아듣기 어려웠다.

"얘, 머, 먹을 것 좀 줘."

부라퀴의 말에 보담의 엄마가 먹을 것을 갖다 주었다. 할아버지는 재활훈련을 해서 몇 달 사이에 휠체어를 탈 수 있었지만 이제 다시는 걷지 못한다고 했다.

"할아버지, 걷지 못하시면 어떡해요?"

"괜찮아. 사람은 다 죽을 때가 되면 이런 거다."

그러자 보담이가 부라퀴를 흘겨보았다.

"할아버지, 그런 말씀하지 마세요."

"오냐 오냐, 오래 살게. 요즘은 노인들 평균 수명이 길다지 않냐?"

과일을 먹으면서 재석은 부라퀴의 안색을 살폈다. 아직은 건강한 듯했다. 말은 어눌하고 행동은 느렸지만 눈빛만은 형형했던 것이다.

아파트는 부잣집답게 으리으리했다. 어디가 어딘지 알 수 없을 정도로 넓었다. 입구에는 홈바도 있었다.

"이야, 이거 술집 같아."

"응, 그건 장식용이야. 아무도 술은 안 마셔."

"그렇구나."

"집 구경 시켜줄까?"

보담이 천진난만하게 물었다.

"그래도 돼?"

"응. 그럼."

방이 다섯 개나 있는 큰 아파트였다. 방마다 깔끔하면서도 기품 있는 가구로 장식이 되어 있었다. 창밖으로는 서울 시내가 한눈에 내다보였다.

"와, 정말 좋다!"

재석은 감탄에 감탄을 거듭했다.

"여기는 우리 할아버지 서예실이야."

"그나저나 이제 서예를 못하셔서 어떡하니?"

커다란 방 하나는 서예실로 꾸며져 있었다. 큰 테이블 위에 먹물, 그리고 커다란 붓 수십 개가 나란히 정돈되어 묵향이 떠돌고 있었다. 묵향을 맡는 순간 재석은 과거 복지관의 추억이 떠올랐다.

"할아버지 지금도 붓글씨 쓰시겠다고 하셔."

"정말? 왼손 못 쓰시는데?"

그러자 부라퀴가 다가왔다.

"팔이 없으면 입으로 쓰면 되지 않냐?"

"이, 입으로요?"

"이게 할아버지가 연습하신 거야."

보담이 보여준 것은 어설프게 그어진 한일자一였다. 수십 번을 그었는데 획마다 굵기가 다르고 먹의 농도가 달랐다. 초등학생도 그것보다는 나을 것 같았다.

"이, 이게요?"

아무리 서예에 대해 잘 모른다지만 부라퀴의 그 힘찬 필치를 재석은 기억하고 있었다. 그것과 지금 눈앞의 글을 비교하니 도저히 같은 사람이 쓴 거라고는 상상이 되질 않았다.

"그래. 이게 내가 연습한 거다. 죽는 날까지 입으로 연습해서 다시 작품을 만들 거다. 붓도 내가 이렇게 고쳤지."

붓을 짧게 잘라 입으로 물 수 있는 부분에 반창고를 두껍게 감아놨다. 이미 입으로 물어서 많이 연습했는지 이빨 자국이 선명했다. 군데군데 남아 있는 붉은색은 핏자국이었다.

"이, 입으로 정말……."

"이 녀석아. 노력해서 안 되는 게 어디 있냐? 나는 오른손이 안 되어서 왼손으로 글을 썼어. 이제 왼손이 안 되면 입으로 하는 거야. 입으로 하다 또 안 되면 온몸으로 할 거다. 허허허!"

그 이야길 듣는 순간 재석은 감당할 수 없는 감동에 어찌할 바를 몰랐다. 부라퀴가 이렇게 몸이 불편한데도 어떤 고난에도 굴하지 않고 삶에 집착을 보이는데, 아직 어리고 사지 멀쩡한 자신은 나약한 모습으로 살아가고 있었기 때문이다.

"할아버지! 저, 정말……."

뭔가 말을 해야 할 것 같은데 할 말이 생각나지 않았다.

"이 녀석, 너 담배는 끊었냐?"

"네?"

"못된 짓은 안 하지?"

그 말을 듣는 순간 자신의 고민이 떠올랐다. 이렇게 착한 여자친구와 부라퀴의 인간적인 가르침이 있는데도 자신은 아직 결단을 내리지 못하고 있는 것이다.

"할아버지, 죄송해요. 사실은……."

"사실은 뭐?"

"제가 서클을 나와야지 나와야지 하면서도 무서워서 나올 수가 없어요."

"무섭다니?"

"한번 들어가면 나오질 못해요."

부라퀴는 재석의 이야기를 들었다. 중학교 때부터 친구들에게 기죽기 싫어서 주먹을 휘둘렀고, 주먹이 세다는 소문이나 폭력서클의 유혹에 벗어나지 못하고 덜컥 가입한 스토리였다.

다 듣고 뭔가를 곰곰이 생각한 부라퀴는 입을 열었다.

"재석아, 결자해지結者解之라는 말이 있다."

"네?"

"끈을 묶은 자가 스스로 풀어야 한다는 말이야. 네가 스스로 가입했으면 네가 스스로 나와야 돼. 누구도 그걸 대신 해결할 수 없다."

"……."

"네 어머니를 생각해봐라. 너 하나만 보고 사는데 네가 은혜를 갚지 못하면 사람이 아니다."

"……."

"책에서 읽었는데 인간 전체를 백이라고 하면 그 가운데 자기의 삶을 고치고 개발하면서 미래를 향해 나아가는 사람은 고작 열세 명이라더라. 나머지 여든일곱 명은 아무 생각 없이 사는 거지. 네가 열세 명 안에 들어갈 것인지, 여든일곱 명 안에 들어갈 것인지는 스스로 판단해야 해."

그날 저녁까지 잘 먹고 재석은 보담의 아파트에서 나왔다.

"재석아, 우리 다음 주에 자원봉사 갈까?"

"자원봉사?"

"응. 화영노인복지관에서 독거노인 도시락 배달한대. 그거 도울 사람이 필요해."

"그래, 그러자."

보담이 하자는 일을 거절할 이유가 없었다. 안 그래도 방학을 하면 부담 없이 복지관에 가서 봉사를 해보고 싶다고 생각한 재석이었다.

보담이네 집에서 보낸 즐거운 시간의 흥이 가슴속을 훈훈하게 데워주었다.

버스에서 내려 집 쪽의 언덕을 올라갈 때였다. 눈발이 흩날리기 시작하는데 낯선 고등학생 하나가 언덕길을 내려오고 있었다. 무심히 스쳐 지나가던 재석이 순간 이상한 느낌이 들어, 고개를 돌리는 순간이었다.

"저 새끼가 황재석이야!"

골목에서 튀어나온 검은 그림자 몇이 재석을 에워싸더니 사정없이 몽둥이로 두들겨 팼다. 살기어린 폭력이었다.

"으윽!"

몸을 감싸고 최대한 웅크린 채 재석은 죽을힘을 다해 비명을 질렀다.

"사람 살려! 사람 살려!"

사람 살려달라는 재석의 외침에 사람들이 여기저기서 창문을 열고 내다보았다. 가난한 동네에 산다는 것은 좋은 점도 있었다. 사람들이 이웃 일에 관심이 많았기 때문이다.

"어떤 놈들이야?"

굵직한 아저씨 목소리에 녀석들은 후다닥 튀었다.

쓰러졌던 재석이 비틀거리며 일어나자 사람들이 문을 열고 거리로 나왔다.

"괜찮냐, 너? 아니 어떤 자식들이 사람을 이렇게 패놨어?"

머리가 지끈거리고 등짝이 욱신욱신했다.

"아이, 이 피 좀 봐!"

"괘, 괜찮아요."

"아유, 닦고서 병원 가야 되겠다."

"아니에요. 집에 가서 치료하면 돼요."

비틀거리며 재석은 집을 향해 갔다. 옛날 같으면 바로 병규라든가 민성이 같은 친구들에게 연락을 했을 것이다.

하지만 재석은 생각했다. 이 모든 일이 모두 스톤에 들어갔기 때문에 벌어진 일이라고.

할아버지가 했던 말이 떠올랐다.

결자해지!

집에 들어가자 엄마는 깜짝 놀랐다.

"아니 이게 어떻게 된 일이니?"

"괜찮아. 엄마 약 좀……."

엄마는 맞은 곳의 피를 닦아주고 옷을 벗겨 상처를 살폈다.

"어머, 세상에! 사, 사람을 어떻게…… 이, 이렇게 팰 수가 있어? 흑흑!"

너무 놀라 엄마는 말까지 더듬었다.

"이 녀석아, 그러니까 못된 놈들하고 어울리지 말랬지. 내가 속상해 못 산다. 흐흑!"

재석은 아픈 것보다 엄마의 눈물이 견딜 수가 없었다.

"아이, 엄마 그만 울어. 내가 다 알아서 할 테니까."

"알긴 뭘 알아. 이 녀석아! 이러다 제 명에 못 죽어. 저번에 사회봉사 명령까지 가더니……."

엄마는 한숨 섞인 푸념을 했다. 재석은 엄마를 안심시키기 위해 말했다.

"정말 알았다고. 내가 해결할 테니까 이러지 마."

"경찰에 신고해야지."

"아, 경찰은 무슨 경찰이야. 반창고나 붙여줘."

다행히 소리를 지른 것이 효과가 있었는지 녀석들에게 많이 맞지는 않았다. 눈두덩이 찢어진 곳은 반창고로 강하게 붙여놓았다. 병원에 가서 꿰매면 빠르지만 그러려면 또 왜 다쳤는지를 설명해야 하는 것이 귀찮았다.

다음 날 민성의 연락을 받아보니 스톤의 멤버들은 어떤 식으로든 다 당했다. 병규까지도 집 앞에서 기습을 당해 얼굴이 멍투성이였다. 셀의 뒤늦은 반격이 계속 있을 거라는 중론이었다.

오후에 스톤의 아이들은 다시 모였다. 몇몇이 맞거나 다치거나 한 흔적들을 달고 왔다. 이렇게 집단적으로 동시에 공격받은 적은 없었다.

"저 자식들이 그동안 우리의 동선을 다 파악한 거야. 이대로 놔둘 순 없어. 쌍날파 형님들에게 연락 좀 해야겠어."

"그래. 가만 놔두면 안 돼. 죽여버릴 거야. 이 자식들……."

일은 커지고 있었다.

정보에 의하면 셀 멤버들이 머지않아 단합대회를 춘천 쪽으로 떠난다고 했다. 모이는 장소는 성북역.

"이 새끼들 다 죽여버리자."

"놀러간다고 모였을 때 까는 거야."

멤버들이 모두 흥분해서 셀 패거리를 다 죽이겠다고 떠들었다.

재석은 병규를 따로 불렀다.

"병규야!"

"재석이 너도 많이 맞았지?"

"음, 괜찮아. 나 할 얘기가 있어."

"무슨 얘긴데?"

민성이 불안한 눈으로 녀석들을 바라봤다. 녀석은 이미 재석이 서클을 관두려 한다는 것을 알고 있었기 때문이다. 얼마 전, 학교 운동장 벤치에서 민성에게 속내를 털어놓았다.

"야, 너 그러다 큰일 나. 죽어. 스톤에 한번 들어오면 영원히 못 나가. 나도 나가려다 못 나갔잖아. 그냥 따라다니다가 졸업하면 흐지부지할 거야. 학교 다닐 동안은 안 돼."

"아냐, 나는 정말 관두고 싶어."

그런 이야기를 나눴던 터라 민성은 불안해했다. 아니나 다를까. 재석은 병규를 불러내 중국집 앞에 단 둘이 나가 통보하듯 말했다.

"나 관둘 거야."

순간 병규의 눈이 날카롭게 찢어졌다.

"뭘 관둬. 임마!"

"나 탈퇴시켜주라. 스톤에서."

"뭐? 이 자식이."

분위기는 갑자기 험악해졌다. 심상치 않은 낌새를 느낀 아이들이 재석과 병규를 따라 나와 중국집 앞은 분위기가 살벌해졌다.

"안 돼, 임마."

"탈퇴시켜줘. 나 우리 엄마 죽는 거 보기 싫어."

"니네 엄마가 왜 죽어."

"우리 엄마 나 하나 믿고 살고 있다. 나 어제 맞고 들어갔더니 우리 엄마 기절하기 직전까지 갔어. 그리고 나 미안하지만 공부해서 대학 좀 가야 되겠다."

"이 자식이 너만 잘났냐? 이게 갑자기 왜 이래? 깔다구하고 만나더니……."

"깔다구라는 말 하지 말라고 했지?"

재석의 눈에서 불똥이 다시 튀었다.

"어쭈, 이게 해보자는 거야?"

그때 따라 나온 아이들 몇이 재석을 말렸다.

"야야, 하지 마. 하지 마. 야, 재석아. 우리는 피로 뭉친 동지 아니냐?"

"그래, 왜들 이래?"

스톤에 들어갈 때 칼로 손가락 끝을 베어 나온 피를 문질러 물에 타서 서로 마셨다. 그것이 피를 나눈 형제라는 의식이었다.

"알아. 하지만 이제 그만 했으면 좋겠다. 나 더 이상 공격당하는 것도 싫고, 애들 패는 것도 싫어. 나 그냥 빼주라."

"빼줄 수 없어. 형님들한테 얘기해야 돼."

병규가 싸늘하게 대답했다.

"형님들한테 얘기해서든 어떻게 해서든 나 좀 빼줘. 병규야, 너 나 빼줄 수 있잖냐? 아니면 조직에 안 맞는다고 짜르면 되잖냐?"

그러나 그것은 말처럼 쉬운 일이 아니었다. 스톤이라는 조직이 와해될 수도 있는 위험한 일이었기 때문이다.

"안 된다고 하면 어떡할 거냐?"

"안 된다고 해도 할 수 없어. 나 좀 빼줘."

"네 문제는 나중에 얘기하도록 하자."

그날 모임은 그렇게 살벌한 상태에서 결론 없이 끝이 났다. 셀의 응징 계획이 난데없는 재석의 탈퇴문제로 흐려졌기 때문이다.

돌아서서 집으로 오는데 재석의 마음은 그 어느 때보다 가벼웠다. 할 말을 다했기 때문이다. 이제는 죽이 되든 밥이 되든 자신의 의지를 관철하는 수밖에 없었다. 말을 꺼냈기 때문에 스톤에서 어떤 식으로든 반응이 올 것이 뻔했다.

집에 들어오자 엄마는 기다렸다는 듯이 재석의 얼굴에 난 상처에 반창고를 갈아붙였다.

"야, 병원에 가야 되겠다. 이 찢어진 데는 아무래도 부어서……."

"엄마, 괜찮아."

"안 돼. 가야 돼. 가야 돼."

결국 엄마에게 이끌려 재석은 병원에 갔다.

"어제 오지 그랬어, 이 사람아."

병원에서 의사가 말했다. 상처가 퉁퉁 불어서 예쁘게 꿰매기 어렵다는 거였다.

"흉이 좀 많이 지겠는데?"

"그래도 해주세요."

"알았어. 일단 꿰매줄게. 나중에 성형수술해라."

"예."

생각보다 상처를 꿰매는 일은 어렵지 않았다. 세 바늘을 꿰매고 반창고를 붙이자 재석은 느낌만으로도 벌써 많이 나은 것 같았다. 집으로 돌아와서 책상머리에 앉자 엄마는 말했다.

"그래도 공부하겠다고 하니 다행이다. 제발 그 못된 애들하고 어울리지 마라.”

“엄마, 걱정하지 마. 이제 나도 공부할 거야.”

“그래, 제발 부탁이야. 남자는 공부해야 된다. 너희 아빠처럼 백수가 되어선 안 돼.”

“알았으니까 아빠 얘기는 그만 해.”

집에 돌아오면서 재석은 보담에게 문자를 보냈다. 문자든 메일이든 통화든 어떤 식으로든 보담과 대화 나누는 건 즐거운 일이었다.

✉

보담아 나 스톤에서 나오겠다고 말했어

곧이어 답신이 왔다.

✉

듣던 중 반가운 소리 조심해

걱정 마 반드시 해결할게

부라퀴는 죽을 각오로 새로운 붓글씨에 도전을 했다.

팔다리가 잘리고 뇌졸중으로 왼쪽 팔다리까지도 못 쓰는 상태에서도 의지를 불태우는 그 모습을 떠올리며 재석은 새로운 변화를 꿈꾸었다.

하지만 마음 깊은 곳에서는 두려움이 여전히 자리 잡고 있었다.

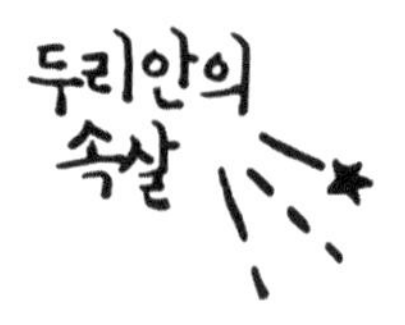

복지관의 권 선생은 재석과 보담을 보자 반가워했다.

"어머 오랜만이야. 재석이도 왔네."

"안녕하세요?"

보담이도 활짝 웃었다.

"도시락 배달원을 하겠다고 온 거지?"

"네. 오늘은 자원봉사예요."

"그래. 알아 알아. 사회봉사 해보더니 이제 맛 들였네?"

권 선생은 환하게 웃으며 물었다.

오늘은 사실 스톤의 훈련이 잡혀 있는 날이었다. 아침 일찍 스톤 아이들과 모여 셀을 치기 위한 준비작업도 하고 작전도 짜야 했지만 재석은 무시하고 보담과 약속을 해버린 거였다.

“그런 셈이죠.”

“도시락 사업팀은 1층에 있어.”

1층에 가본 재석은 입이 딱 벌어졌다. 자원봉사자 아주머니 서너 명이 모두 한데 달려들어 밥을 푸고 반찬을 통에 담아 작은 도시락을 꾸리는 거였다.

“아니, 이렇게나 많아요?”

“그럼. 우리 동네에 독거노인들이 얼마나 많은데?”

권 선생은 할 일이 많아 뿌듯한 것처럼 말했다.

“강남인데도요?”

“저 달동네만 가난한 사람이 사는 게 아냐. 이곳도 판자촌이 있거든.”

재석은 강남에 판자촌이 있다는 사실을 처음 들었다.

“저희는 이것만 배달하면 되나요?”

“그래. 여기 약도랑 주소랑 다 있어. 이따 승합차 타고 가서 동네에 내려주면 집집마다 배달해주고 오면 돼.”

“주고만 오면 돼요?”

“응. 도시락통 수거는 다른 봉사자들이 하니까 찾아가서 도시락 배달만 하면 돼.”

11시부터 도시락 봉사팀은 도시락 배달을 시작했다.

복지관 승합차가 판자촌 입구에 다다랐다. 재석과 보담에게는 10개의 도시락이 배정되었다.

"자주 배고파 하시니까 빨리 배달해야 할 거야. 다 기다리시거든."

"네, 알았어요."

재석은 자신의 동네야말로 가난한 달동네라고 생각했는데 이곳은 더욱 심했다. 거동이 불편한 노인들과 장애인들이 되는 대로 형성된 판자촌 쪽방에 모여 살았다.

"계세요?"

자그마한 알루미늄 섀시 문을 열고 들어가자 어두컴컴한 방 안에서 퀴퀴한 냄새가 났다.

"뉘기요?"

힘없는 목소리에 문을 열어보니 할아버지가 혼자 이불을 뒤집어쓰고 있었다. 방 안에서는 온통 고약한 구린내가 진동을 했다. 도저히 숨을 쉴 수가 없었다.

인상을 쓰던 재석은 보담이 아무런 표정도 짓지 않는 것을 보고 놀랐다.

"할아버지, 도시락 가져왔어요."

"그래, 고맙다."

독거노인이 힘없이 상반신을 일으켰다. 방으로 들어가 도시락을 손 가까이 놓아주자 다시 한 번 말했다.

"나 같은 노인네들을 도와주다니. 복 받을 거야."

그새 보담은 할아버지 발치에 있던 요강을 비워냈다. 똥과 오줌이 가득 차 넘실거리는 요강을 맨손으로 들고 공동화장실에 갖다 버리는 거였다. 노인은 몸을 부축해주는 사람이 없어 방 안에서 용변을 해결하는 것 같았다.

"재석아, 우리 청소 좀 해드리고 가자."

요강을 깨끗이 부신 보담이 환하게 웃으며 말했다.

"어? 응."

일단 재석은 방 안 곳곳에 너부러져 있는 종이며 쓰레기들을 치우고 음식 그릇 등등의 잡동사니들을 씻었다.

"아이구, 미안해서 어쩌냐?"

"아니에요, 할아버지. 괜찮아요."

재석은 노인에게 이불을 두툼하게 덮어준 뒤 창문을 열어 환기를 시키고 방바닥을 걸레로 닦았다. 그사이에 보담은 부엌에서 뜨거운 물을 데워 세숫대야에 담아 방으로 가지고 들어왔다.

"할아버지, 얼굴하고 손 좀 씻으세요."

"아이구, 미안해서 어쩌냐?"

다음 도시락 배달도 있었지만 도저히 그냥 지나칠 수 없어 둘은 20분 이상을 그 집에서 머물렀다. 대충 집 꼴을 갖춘 뒤 나오려는데 노인은 무릎걸음으로 문턱까지 나왔다.

"얘들아, 이거 이거. 내가 줄 게 없구나."

"뭐예요?"

노인의 손에 들린 건 사탕 한 주먹이었다.

"미안하다."

그걸 본 재석은 가슴이 울컥했고, 보담은 눈물을 글썽였다.

"하, 할아버지. 저희 이거 필요 없어요. 뒀다가 드세요."

보담이 울음 섞인 목소리로 말했다.

"아냐. 내가 고마워서 그래. 사람이 찾아온 게 얼마만인지 몰라. 어여 받아."

노인이 주는 사탕을 받지 않으면 두고두고 섭섭해 할 거 같았다.

"고, 고맙습니다."

보담은 사탕을 받았다. 그 큰 눈에 눈물이 가득 고였다.

"……."

다음 집을 찾아가는 동안 재석은 할 말을 잃었다. 이 독거 노인들에 비하면 반지하지만 엄마와 함께 배곯지 않으면서 살고 있는 자신이 얼마나 행복한지 몰랐다.

그 뒤로 만난 독거노인들 역시 아까의 할아버지와 마찬가지로 고만고만한 비참한 처지였다. 몸이 더 아픈 할아버지 집도 있었고, 정리정돈은 되어 있지만 냉장고 안에 먹을 게 하나도 없는 할아버지 집도 있었다.

2시간 가까운 도시락 봉사를 마치자 재석과 보담의 가방엔 노인들이 준 과자나 사탕, 비타민 음료가 그득했다. 하지만 재석의 마음은 무겁기만 했다. 보담도 그 마음을 알았는지 아무 말도 하지 않았다.

"에이 씨. 정말……."

재석은 너무 속이 상했다. 재석의 그런 마음을 눈치 챈 보담이 말했다.

"재석아, 내가 읽은 책 중에 《빠삐용》이라고 있었어."

"응. 옛날에 영화로 봤어."

"거기서 건달이었던 주인공이 꿈속에서 자신의 죄가 뭐냐고 항변하는 장면이 나와. 그는 사소한 죄로 억울하게 바다 건너 남미의 오지까지 귀양을 갔었거든."

"그래서?"

"그러자 꿈속의 판관들이 뭐라고 얘기하는지 알아?"

"기억이 안 나."

"너는 너의 젊음을 함부로 낭비한 죄다."

"……."

"그 꿈을 꾼 뒤 빠삐용은 자신이 유죄라고 인정했어."

"……."

"저런 할아버지 할머니들을 보면 정말 나는 열심히 살아야 된다고 생각을 해."

보담이 매사에 최선을 다하며 야무지게 사는 이유를 알 것 같은 재석이었다.

자식들이 버리고 떠난 어두운 방에서 언제 죽을지 모르는 삶을 살아가는 노인들의 모습은 재석에게 더 이상 청춘의 시간을 허비하지 말자는 결심을 하게 만들었다. 그동안 모든 것에 불만을 품고 헛되게 주먹이나 휘두르며 살았던 자신이 너무나도 부끄러웠다.

별것 아닌 도시락 하나만으로도 감격을 하고 고마워하는 노인들을 보고 재석은 비로소 스톤에서 빠져나와 밝은 곳을 향해 갈 수 있는 용기를 얻었다.

"그럼 좋은데?"

좁은 판자촌 골목을 빠져나오는데 어디서 낯익은 목소리가 들렸다. 고개를 돌려보니 놀랍게도 거기엔 병규와 스톤 패거리 두엇이 있었다.

"너희들 어떻게?"

순간 깜짝 놀란 재석은 긴장했다. 보담과 있는 이곳까지 녀석들이 어떻게 찾아왔는지 알 수가 없었던 것이다.

"너 여기 와서 봉사할 줄 알았다. 우리 오늘 모임 있는 거 아냐 모르냐?"

병규는 썩은 미소를 날리며 다가서더니 보담을 쳐다봤다.

"깔따구는 예쁘네."

보담이 당황해 자신도 모르게 재석의 등 뒤로 바짝 몸을 숨겼다.

"이러지 마라. 나 눈깔 돌아간다."

재석은 눈에서 불이 활활 붙는 기분이었다. 이런 싸구려 영화에서나 보던 일이 자신에게 벌어질 줄은 몰랐던 것이다.

"어쭈, 어디서 본 건 있어 가지고."

등 뒤에 숨은 보담이가 두려움에 떠는 숨결이 느껴졌다.

"니들 조금만 허튼짓 하면 다 죽을 줄 알아."

슬슬 다가오는 패거리를 노려보며 재석이 으르렁거렸다.

"흥분하지 마라. 넌 우리 스톤 멤버잖냐. 니 깔따구 구경도 할 겸, 네가 도대체 어디에 미쳤나 볼 겸 애들 시켜서 따라가 보라고 했을 뿐이야."

병규가 미행을 붙였던 것이었다.

"비겁한 새끼."

빙글거리며 병규는 지지 않고 말했다.

"이런 식으로 우리 버리고 깔따구하고 놀아나면 너는 물론이고 얘도 좋지 않아."

병규의 손가락이 등 뒤의 보담이를 가리켰다.

재석은 등골에 소름이 끼치는 걸 느껴야만 했다.

"잘 생각해서 행동해라, 응?"

그 말을 남기고 병규는 아이들을 몰고 사라졌다.

"재석아 무, 무서워."

다리가 풀려 후들거리는 보담이를 부축해 큰길가의 복지관 버스까지 데리고 오면서 재석은 이를 악물었다.

✉

내가 삼백 대 맞을 테니까 스톤에서 빼주라

그날 오후 내내 생각하고 재석이 병규에게 보낸 문자였다.

삼백 대는 말이 삼백 대지 아무도 맞아본 적이 없는 것이었다. 재석은 생각했다. 삼백 대 맞고 나가겠다는 놈은 없을 테니 스톤의 규율은 계속 지켜질 것이고 결국은 병규도 받아들일 터였다.

하지만 삼백 대를 맞으면 과연 살아남을 수 있을지는 자신이 없었다.

일주일 뒤 중국집에 모인 30여 명의 스톤 멤버 앞에서 병규가 말했다.

"삼백 대로 결정하겠다. 그런데 너 살아남지 못할 텐데."

재석은 말했다.

"고맙다, 너희들 한 사람 한 사람한테 내가 열 대씩 차례대로 맞을게."

민성이 똥마려운 강아지 같은 표정으로 재석을 바라봤다.

"다시 한 번 생각해봐라. 이번에 셀 까는 거 때문이라면 넌 빠져도 돼."

병규가 마지막으로 회유를 시도했다. 그러나 거기에 진정성은 담겨 있지 않았다. 사사건건 부딪치는 라이벌 격인 재석을 이 기회에 조직에서 완전히 내쫓고 자신의 위치를 공고히 하고 싶었던 것이다.

"필요 없어."

"좋다. 그럼 언제 하냐?"

"지금 하자."

재석은 호기롭게 나섰다.

"나눠서 맞을래? 한 번에 맞을래?"

"맞고 난 다음에 하면 또 시간 걸릴 거 아니냐? 그까짓 거 한 번에 하자."

멤버들은 모두 놀란 것 같았다.

"좋아, 그러면 가자."

스톤 멤버들이 자주 모여서 체력을 기르는 낡은 공장이 있었다. 재개발을 이유로 일찍이 땅을 팔고 나간 곳이어서 군데군데 건물은 무너져 있었지만 스톤이 모여서 노는 아지트이기도 했다. 오래전에 강간사건이 벌어질 정도로 으슥한 곳이다.

병규부터 몸을 풀었다.

"내가 먼저 때린다. 차례대로 열 대씩이야."

재석은 천천히 그 앞에 엎드려뻗쳤다.

"자, 간다. 너희 잘 봐. 스톤에 들어오는 건 쉬워도 나가는 건 어렵다. 재석이는 형님들한테 내가 특별히 허락을 받았다. 이 자식은 몸이 안 좋아서 내보내야 되겠다고. 대신 삼백 대다. 언제든 나갈 놈은 말해라."

병규는 들고 있던 봉으로 재석의 엉덩이를 내리쳤다.

빽! 빽! 빽!

둔탁한 소리와 함께 재석의 엉덩이에 몽둥이가 와서 꽂혔다. 인두로 지지는 것 같이 뜨거운 통증이 엉덩이를 통해 온몸에 퍼졌다.

하지만 재석은 이를 악물었다. 이러한 고통 없이는 알이 깨지지 않기 때문이다. 다리에 힘이 들어가고 얼굴에는 어느새 식은땀이 흘렀다. 그러나 기싸움에서 병규에게 밀리기는 싫었다. 죽기 아니면 까무러치기라는 독한 마음을 먹었다.

"아홉…… 열!"

이를 악물어서인지 어금니가 시큰거렸다. 열 대를 다 때리자 병규는 몽둥이를 집어던졌다.

"이 독한 새끼!"

그다음 서열대로 녀석들은 몽둥이를 잡아들었다.

이십 대, 삼십 대…… 사십 대를 맞았을 때부터 재석은 엉덩이의 감촉이 없어지기 시작했다.

"으, 잠깐만……."

재석이 말했다.

"뭐야? 아직 멀었어."

어느새 돌아왔는지 병규가 지켜보고 있었다. 녀석은 담배를 피우고 온 모양이었다.

"엎드려뻗쳐 하기가 힘들다. 저기 의자 좀 갖다 주라. 의자에 내가 엎드려 있을 테니까 때려라."

개중에는 적당히 때리는 녀석도 있었다. 그럴 때마다 병규가 말했다.

"사정보지 마, 이 새끼야!"

그러면 다시 날카롭게 몽둥이가 날아 내려왔다. 엉덩이에서 뭔가 터져서 감각이 없어지는 느낌이었다. 살갗이 헤진 모양이었다. 매는 계속 늘어갔다. 하지만 재석은 그만둔다거나 쉬었다 맞겠다는 의사를 눈곱만큼도 보이지 않았다. 그만치 결의가 하늘을 찔렀다.

병규는 이를 악물고 내뱉었다.

"독한 새끼."

재석은 끊임없이 맞았다. 매가 주는 고통은 장난이 아니었다. 이미 엉덩이는 감각을 잃었지만 때리는 멤버에 따라 그 부위가 점점 확장되었다. 넓적다리에서 허리까지……. 새로운 곳에 맞으면 새로운 통증이 온몸을 지진처럼 흔들었다.

"아윽! 윽!"

자신도 모르게 재석은 신음소리를 냈다. 공장 안에는 때리는 자의 거친 숨결과 맞는 자의 비명과 몽둥이가 살을 파고드는 파열음만이 가득했다.

매가 누적되자 몇 대만 맞아도 재석이 나뒹구는 바람에 시간이 지체되었다. 이제 의자 붙잡고 엎드려 있는 것도 힘들 지경이었다.

하지만 맞으면서 희열의 눈물을 흘렸다. 이런 과정을 거치지 않고서는 스톤을 나갈 수 없었기 때문이다. 가까스로 백 대를 넘겨 백오십 대에 다다랐을 때였다.

"병규야, 잠깐만."

"뭐야, 넌?"

앞으로 나선 건 민성이었다.

"나머지는 내가 맞을게."

"뭐?"

"나머지는 내가 재석이 대신 맞을게. 그리고 나는 재처럼 안 나갈게."

"이건 또 무슨 쇼야?"

뜻밖의 사태에 스톤 멤버들은 당황했다.

"재석이가 나 때문에 억울하게 사회봉사 했잖아. 오늘 내가 그 빚을 갚고 싶어."

"아냐, 민성아, 내……내가 다… 맞을 거야."

재석이 안감힘을 내서 고개를 들고 말했다.

"필요 없어."

"아냐, 재석아. 나 맞을게. 병규야, 나 맞게 해줘. 안 그럼 나도 나갈 거야."

"뭐? 너까지? 이 새끼들이 왜 이래?"

"재석이 것 내가 나머지 다 맞고 싶어."

다른 아이들은 웅성거렸다. 그런 경우가 없었기 때문이다. 매를 맞고 나가겠다는 사람도 없었지만 대신 맞겠다는 사람은 더더욱 없었다.

"좋다. 너희 두 놈 다 맞아라. 그 대신 오십 대 더야."

병규는 화가 치솟는지 숫자를 늘렸다.

"조, 좋아."

떨리는 목소리로 민성이 대답했다.

공장 안에는 한참 동안 비명과 몽둥이질 소리가 난무했다. 재석은 이미 느낌은 없었지만 시간이 지나면 이 고통이 끝나리라는 것만은 알고 있었다.

의식이 희미해져 가고 있었다. 허벅지에서부터 엉덩이까지 온통 끈끈한 뭔가가 흘러내렸다. 피가 분명했다.

민성이까지 옆에서 비명을 지르며 맞고 있었다.

"아윽! 아윽!"

끊임없는 구타가 마침내 끝이 났다.

"백오십 대, 끝이다!"

몽둥이가 둔탁한 소리를 내며 바닥에 나뒹굴었다. 민성이까지도 가세해 둘은 도합 삼백오십 대를 맞았다.

"좋다. 가자, 이제."

병규가 스톤 멤버들을 끌고 나가자 재석은 그 순간 의자에서 스르르 미끄러져 바닥에 엎어졌다. 이제 끝난 거였다. 떨리는 손으로 재석은 주머니에서 핸드폰을 꺼냈다. 그리고 보담에게 문자를 날렸다.

✉

끝났어 스톤에서 나왔어

문자를 보낸 뒤 민성이를 보았다. 녀석은 의외로 쌩쌩했다.

"재석아, 괜찮아?"

"응, 너…너는?"

"응. 나도 괜찮아."

"왜… 그렇게 비…비명을 질러 임마. 쪽…팔리게. 으으!"

감각 없는 하반신이 제대로 움직이지 않았다.

"그래야 때리는 놈이 조금이라도 약하게 때리는 법이야."

툭툭 털고 일어선 민성은 몸을 이리저리 움직여보는 거였다. 아무리 봐도 백오십 대 맞은 사람 같지 않았다.

"그런데… 넌 어…어떻게 걷냐?"

"내가 누군데? 후후."

녀석은 바지를 내려 보였다. 어디서 구했는지 솜을 두툼하게 넣은 반바지를 입고 있었다.

"자식아, 너 오늘 맞는다고 그래서 내가 미리 준비해 가지고 왔지."

"너는 정말……!"

웃으려 하니 갑자기 정신이 어지러워 재석은 순간 현기증을 느꼈다.

그때 재석의 핸드폰이 울렸다. 보담이었다.

"여, 여보세요."

"재석아, 괜찮은 거야?"

"응. 괘…괜…찮아."

"왜 목소리가 그래? 너 맞았구나. 애들한테."

"아…아니라니까."

그때 민성이 전화를 뺏었다.

"보담아, 재석이 백오십 대 맞고 탈퇴했어. 지금 잘 걷지도 못해,"

"어머, 그게 정말이야. 어디야? 거기가……."

보담이 비명을 질렀다.

"이 자식아, 그…그만……."

그 말을 다 마치지 못한 채 재석은 정신을 잃었다.

재석이 눈을 떠보니 온통 하얀 곳이었다.

"어디야, 여기가 어디야?"

재석은 시트에 얼굴을 처박고 엎드려 있었다.

"정신 차렸어?"

뜻밖에 보담의 목소리가 들려 재석은 돌아누우려 했다.

"그냥 엎드려 있으래."

보니 엉덩이는 붕대가 두툼하게 감겨 있었다. 바로 누우면 상처가 눌리기 때문인 것 같았다.

"응, 여기는?"

"병원이야. 어쩜 그렇게 무식해."

무식하다는 말은 보담이 입에서 나올 수 있는 최고의 비난이었다.

"어쩌면 그렇게 매를 맞을 수가 있어."

"괘, 괜찮아. 이렇게 하지 않으면 알을 깰 수가 없잖아."

"사람을 정신을 잃도록 때리다니, 경찰에 신고할 거야."

"신고하지 마. 문제가 되면 또 골치 아파. 내가 저지른 일이야. 할아버지가 말씀하셨잖아. 결자해지. 내가 맺은 거 내가 풀라고."

그때 반대편에서 부라퀴 목소리도 들렸다.

"녀석이 제법 쓸 만하군."

황급히 고개를 돌리자 부라퀴가 휠체어에 앉아 쳐다보고 있었다.

"할아버지, 오, 오셨어요?"

"그래. 결자해지 잘했다. 이제 다시는 그 서클에 안 들어갈 거지?"

"예. 끝났어요. 이제 걔네하고 서로 모른 척하기로 했어요."

"네 엄마한테 연락 안 해도 되냐?"

"엄마, 걱정하실 텐데……."

"걱정하셔도 엄마가 알아야지."

"민성이 어디에 있어요?"

"민성이 저쪽에 있다."

옆 침대에서 민성이 어색한 표정을 짓고 있었다.

"재, 재석아!"

"어떻게 된 거냐?"

"야, 임마. 너 자식아 할아버지가 얼마나 신경 쓰는지 아냐? 너 입원해 있어야 된대."

"너는?"

"나는 그냥 통원치료만 하면 된대. 아, 나 평소에 입원해 보는 게 소원이었는데……."

"너 스톤에 남아 있기로 했잖아."

"나중에 나도 백 대 정도 더 맞고 나올까 생각 중이야. 향금이가 나오라 그러더라고. 왜 여자들은 그런 걸 못하게 하는지 모르겠어."

"또 맞으려구?"

"그래야지."

둘의 대화를 듣고 있던 부라퀴가 말했다.

"그 녀석 전화번호 좀 알려줘라.

"누, 누구요?"

"널 이 지경으로 만든 놈."

"이제 다 끝났는데요."

"아니야, 전화번호 좀 알려줘."

부라퀴는 기어코 전화번호를 받아낸 뒤 어디론가 전화를 했다.

"여보게. 이 녀석이 불량서클 두목이라고 하네. 자네가 좀 확인해서 더 이상 얘네 괴롭히지 않도록 조치 좀 하라 그래. 수고해."

"어디에 전화하셨어요?"

불안한 표정으로 민성이 물었다.

"응, 강중경찰서장이 내 제자야."

"겨, 경찰서장이요?"

"응, 상부 조직이랑 다 파악해서 너희 다시는 건드리지 못하도록 하겠단다."

"저, 정말이세요?"

"그럼. 똥개를 잡는 건 곰이나 호랑이가 해야지, 같은 개는 잡질 못한다."

부라퀴의 문제해결방식은 독특했다.

재석의 엄마가 연락을 받고 일하다 말고 달려온 것은 그로부터 1시간 뒤였다.

"재석아, 어떻게 된 일이야?"

엄마는 들어오자마자 눈물부터 흘렸다.

"아이, 짜증나게 왜 그래? 엄마 다 끝났어. 엄마 나보고 공부 열심히 하라며? 공부 열심히 하려고 하는 거야."

자초지종을 들은 엄마는 부라퀴에게 고개 숙여 인사했다.

"고맙습니다."

"고맙기는……. 근데 자네 내 얼굴 기억 안 나나?"

"네?"

부라퀴가 갑자기 알은체를 하자 엄마는 당황했다.

"그, 글쎄요. 초면이신데……."

"결혼식 때 내가 갔었는데."

"네? 제 결혼식에요?"

"그럼. 그때 시댁에서 별로 좋아하지 않아서 슬퍼하지 않았나."

“그, 그걸 어떻게 아세요?”

“내가 삼성동 김 사장인데…….”

엄마는 한참 기억을 돌이키다 확신이 서지 않는 목소리로 물었다.

“혹시 결혼식 때 빨간 나비넥타이…….”

“그래. 맞아. 내가 젊을 땐 멋쟁이였지.”

“아 어르신, 오랜만입니다. 어쩐 일이세요?”

재석은 깜짝 놀랐다. 엄마가 보담이 할아버지를 안다는 것이 믿기지 않았다.

“그동안 잘 지냈나?”

“그런데 우리 재석일 어떻게 아세요? 어떻게 이런 우연이…….”

“자초지종을 말해줄 테니 지금부터 잘 들어.”

“자초지종이라니요?”

“재석이 할아버지하고 내가 옛날에 동업자였다는 건 잘 알지?”

“예, 알지요. 그런 다음에 갈라서지 않으셨나요?”

“그렇지. 동업을 한 다음에 갈라섰지.”

부라퀴와 재석이 할아버지는 오랜 고향 친구였다. 둘이 동업해 서울에서 사업을 벌였지만 부라퀴는 예술가의 기질을 버리지 못했다. 회사가 잘되고 번창하고 있었지만 서예 공부하면서 책이나 읽으며 지내는 것이 꿈이었던 부라퀴는 몇 년 지나지 않아 재석의 할아버지에게 말했다.

"여보게, 나는 사업이 적성에 안 맞아. 자네가 적성에 맞는군."

"이 사람이…… 동업인데 같이 해야지."

"아냐. 이쯤에서 난 빠지겠어."

"내가 그럼 사업을 할 테니 자넨 그냥 취미생활이나 하게."

"아냐, 아냐. 내가 동업이라고 끼어 있으면 자네가 신경 쓸 거야. 그리고 두 사람 사이가 나빠질 게 아닌가. 내 지분은 삼분의 일만 잘라줘."

"이 사람이 반씩 나눠야지. 어떻게 삼분의 일이야?"

"됐어. 자네는 열심히 사업을 하지만 나는 이 정도만 해도 충분하네. 투자한 돈의 열 배 이상을 뺐는데 뭐가 걱정인가?"

"정말 괜찮겠나?"

"괜찮아."

"그러면 하나만 약속을 함세."

"무슨 약속인데."

"우리처럼 사업하는 사람들은 언제 망할지 모르고 자네도 어려움이 언제 닥칠지 모르잖나?"

"그건 그렇지."

"우리 두 사람 중에 누가 어려움을 겪으면 도움을 주기로 하세."

"그거 고마운 일이군."

그렇게 두 사람은 우정을 간직한 채 갈라서게 되었다.

"그래서요?"

"뭐, 그래서야 예술 하려니 돈은 필요 없지 않나? 사업은 작게 하고 나머지 돈으로 땅을 좀 사놨지. 말죽거리 같은 곳에……. 그랬더니 나중에 땅값이 오르더구나."

"그러면?"

"그렇지. 한국에선 아직도 땅이 최고 아니냐? 내가 감전사고 난 뒤에는 그 사업도 아들 물려주고 지금은 이렇게 지내지 않냐."

반면에 재석의 할아버지는 사기꾼에게 회사를 빼앗겼고, 아버지는 그 후 무기력한 생활 끝에 삶을 마치고 만 것이었다.

"동업을 깨면서 우리는 어느 한쪽이 잘못되면 도와주기로 했는데 그동안 내가 너희 소식을 몰랐었다."

"그러셨군요."

"내가 자네 소식을 알게 된 건 얼마 전이야."

"어르신, 정말 부끄럽습니다."

엄마는 훌쩍거리면서 울었다.

재석은 드라마에서나 나올 법한 비밀의 은인이 실제로 있을까 궁금했는데, 복지관에서 자신을 챙겨주고 신경 쓰던 부라퀴의 모습이 생각나자 할 말을 잃었다.

"저희가 결혼할 때 부조도 백만 원씩이나 하셨잖아요."

엄마는 예전 일이 떠올랐는지 눈물을 훔쳤다.

"그 정도 가지고 뭘……. 이제 약속을 지켜야지 생각하고 자네를 수소문해서 찾는데 사람까지 풀었지만 시간이 좀 걸렸어. 그런데 찾아내서 조사를 좀 해보니까 재석이란 녀석이 문제아더구나. 교장에게 찾아가 자초지종을 말하고 비밀로 해달라고 하고 알아봤더니 불량서클에까지 연계되어 있더구나. 그러니 내가 자네를 도와주려고 해도 아들 녀석 삶의 태도부터 고쳐주지 않으면 말짱 도루묵이 되겠더라구. 애비도 없이 자네 혼자서 어린 녀석을 키우려니 그러겠다 싶긴 했지. 그래서 내가 교장에게 어떤 건수건 걸리기만 하면 나에게 보내라고 했네."

"네? 그럼 이게 모두 할아버지 때문이었어요?"

"그래, 이 녀석아. 또 너희 교장이 알고 보니 내 대학 후배더구나. 그래서 네가 우리 복지관으로 오게 된 거야. 그래서 내가 가만히 일 시키면서 이것저것 보니까 녀석이 아주 늦지는 않았더라구. 조금만 붙잡아주면 바른 길로 오겠더구나. 그랬는데 이 녀석이 이렇게 무식하게 서클에서 나올 줄은 나도 몰랐다."

"네?"

"나오려고 어떤 방법을 쓸 줄은 알았지만 이렇게 무지막지할 줄은 몰랐어. 하여간 잘했다. 네 스스로 구렁텅이에서 빠져나왔으니……. 이제 다시는 어리석은 짓 안 하겠지?"

재석은 어안이 벙벙했다.

옆에서 이야기를 듣고 있던 민성이 입을 열었다.

"으아, 드라마다 드라마. 그러면 할아버지는 어떻게 보담이하고 재석이가 친구 될 줄 아셨어요?"

"이 녀석, 그것도 모르냐? 우리 보담이 봐라 절세가인이 아니냐? 어떤 놈이 보담일 보고 안 반하겠어? 재석이 녀석이 분명히 반할 줄 알았지. 하하하!"

민성은 웃었다. 할아버지도 웃었다. 보담이만 얼굴을 붉히고 있을 뿐이었다.

"그럼, 미인계네요."

"미인계? 그래 미인계다. 하하하!"

호탕하게 웃고 나서 부라퀴는 엄마에게 말했다.

"자네는 걱정하지 말게. 이제 내가 선친과 한 약속을 지킬 테니까."

"네? 그게 무슨 말씀이신지……."

"집도 내가 다 알아봤어. 반지하에 살고 있더구만. 재개발 한다며? 내가 집 한 채 사줄게. 걱정하지 마."

꿈같은 이야기였다.

"아니, 괜찮습니다 어르신. 저 혼자 할 수 있어요."

"아니야, 아니야. 자네 같이 열심히 살려는 친구에게 집을 사주면 그 집은 몇 배로 늘어나지만 게으른 사람에게 사주면 그 집은 곧 없어지네. 고생을 많이 했기 때문에 얼마든지 집 잘 지키고 아들 녀석 기를 수 있을 거야. 그리고 두리안 이 녀석, 내가 대학까지 보내줘야지. 싹수가 있자나."

"또 시작이시군요."

재석이 쓴웃음을 지으며 말했다.

"그래. 생각을 바꾸면 삶이 바뀌는 거란다. 너, 이 녀석 잘할 수 있지? 열심히 공부해서 대학 가. 걱정하지 말고."

"고, 고마워요. 열심히 할게요. 하지만……."

"뭐 할 말 있냐?"

"집 사주시는 건 어머니 사주시는 거니까 전 잘 모르겠고요. 대학 가는 건요, 안 도와주셔도 될 거 같아요."

"뭐, 뭐라고?"

"제가요 아르바이트를 해서라도 다닐 수 있어요. 그리고 공부 열심히 하면 장학금도 준다잖아요."

"허허허, 이 녀석 봐라. 서클 한번 나오더니 세상이 자기 것 같은 모양이지. 어디 좋다. 한번 알아서 해봐라. 허허허, 녀석 그래도 황씨 집안 씨를 받아서인지 고집은 있군. 정말 두리안 같은 녀석이야."

"할아버지. 두리안이 뭐예요? 재석이가 그렇게 못생겼단 말에요?"

보담이 살짝 눈을 흘겼다.

"허허, 이 녀석 봐. 두리안이 어때서? 두리안 겉만 보고 그러나본데 천만의 말씀이다. 겉껍질은 단단하고 우툴두툴하지만 그 안의 속살은 아주 부드럽고 달콤하지. 열대과일의 왕이라고 불리는데도 싫어?

재석이 웃으며 말했다.

"아니에요. 좋아요. 저 두리안 맞아요. 얼굴에 여드름투성인 걸요."

부라퀴는 씩 웃더니 말했다.

"그래. 두리안은 한번 맛보면 중독성이 있어서 계속 먹게 된다. 너도 그런 두리안과 비슷해. 영 엉망인 녀석인데 착한 구석도 있고 자꾸 보게 되잖냐?"

이러저런 이야기를 해주고 부라퀴는 병실을 빠져나갔다.

재석과 엄마는 병실에 남아 이게 꿈인지 생신지 알 수 없었다.

"엄마, 어떻게 된 거야?"

"그 할아버지께서 말씀하신 게 다 맞아. 할아버지 사업이 망하고 아빠는 그것 때문에 힘들어 하다가 결국엔 엄마랑도 헤어지게 된 거였어. 그래서 너를 그때 시골집에 맡겼는데 그런 아픈 일이 이런 좋은 일이 될 줄 꿈에도 몰랐다. 흑흑흑!"

보담이는 그때까지도 가지 않고 있었다.

"보담아, 너도 알고 있었어?"

"아냐, 나도 몰랐어. 근데 할아버지가 너희 할아버지랑 옛날에 친했다고 도와주고 싶다는 말씀은 얼마 전에 하셨어."

"그랬구나."

"잘됐다, 재석아."

"그래."

"몸조리 잘해. 나 갔다 또 올게."

"음, 그래. 보담아, 고마워."

엄마는 그날 밤 병원에 같이 잔다고 부득부득 우겼지만 재석은 말했다.

"아이, 엄마. 오늘 창피하게 엉덩이 까서 약도 바르고 그러는데 집에 가세요."

"그래?"

"그리고 아까 할아버지가 말했잖아요. 마음에 드는 집 하나 고르라잖아요. 가서 좋은 집으로 알아보세요."

"아, 알았어. 알았어."

엄마는 그렇게 해서 병실을 빠져나갔다.

재석과 민성만 병실에 남아 있었다. 물론 민성이 엄마도 왔다가 돌아갔다.

"야, 나 스톤 나온 거 맞냐?"

"응."

"너 정말 치기공과 갈 거냐?"

"그럼! 너도 자동차학과 갈 거지?"

"아, 나도 가야지."

"그래. 아무리 생각해도 꿈만 같아."

"하하. 텔레비전이나 켜봐라. 뭐 재미있는 거 하나……."

민성이 리모컨으로 켠 텔레비전에서는 즐거운 음악이 흘러나오고 있었다.

모로 누워 보던 재석은 간호사가 놓고 간 주사약 기운에 스르륵 잠이 들었다.

어쩌면 알에서 깨어난 새로운 모습의 자신을 꿈꿀지도 모를 일이다. 그리고 꿈에서 깨어나면 사라지고 없을 까칠했던 과거의 자신을 추억할 것이다. 가끔은…….

"담배도 끊었다.

싸움도 끊었다.

이제 싸움보다 대학을 가야겠다.

이전의 나는 더 이상 없다.

까칠한 재석이가 사라졌다……."

까칠한 재석이가 사라졌다

초판 1쇄 발행 2009년 3월 24일
개정판 1쇄 발행 2014년 12월 15일
개정2판 1쇄 발행 2022년 4월 7일
개정2판 6쇄 발행 2024년 8월 16일

지은이 고정욱
그　림 변기현
펴낸이 이범상
펴낸곳 (주)비전비엔피·애플북스

기획 편집 차재호 김승희 김혜경 한윤지 박성아 신은정
디자인 김혜림 최원영 이민선
마케팅 이성호 이병준 문세희
전자책 김성화 김희정 안상희 김낙기
관리 이다정

주소 우)04034 서울시 마포구 잔다리로7길 12 (서교동)
전화 02)338-2411
팩스 02)338-2413
홈페이지 www.visionbp.co.kr
인스타그램 www.instagram.com/visionbnp
포스트 post.naver.com/visioncorea
이메일 visioncorea@naver.com
원고투고 editor@visionbp.co.kr

등록번호 제313-2007-000012호
ISBN 979-11-90147-98-9 04810
979-11-90147-92-7 (세트)